Taming Master

테이밍 마스터

테이밍 마스터 30

2018년 8월 14일 초판 1쇄 인쇄
2018년 8월 20일 초판 1쇄 발행

지은이 박태석
발행인 이종주

기획 팀 이기헌 왕소현 박경무 이승제
책임 편집 최이슬

발행처 (주)로크미디어
출판등록 2003년 3월 24일
주소 서울시 마포구 성암로 330 DMC첨단산업센터 3층 318호, 319호
Tel (02)3273-5135 Fax (02)3273-5134
홈페이지 rokmedia.com E-mail rokmedia@empas.com

값 8,000원

ISBN 979-11-294-7038-6 (30권)
ISBN 979-11-5960-986-2 04810 (세트)

30

Taming Master

| 박태석 게임 판타지 장편소설 |

테이밍마스터

ROK
MEDIA
로크미디어

CONTENTS

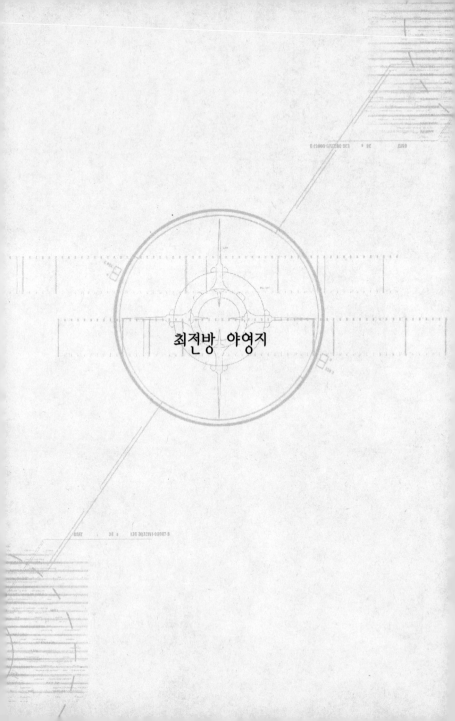

최전방 야영지

Taming
Master

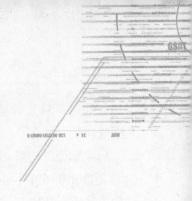

   승리의 협곡을 지나 부채꼴 모양으로 펼쳐지는, 광활한 평원이자 사냥터인 영광의 평원.

   하지만 이 영광의 평원은 깔때기 모양으로 무한정 펼쳐지는 형태가 아니었다.

   마치 거꾸로 세워 놓은 달걀의 모양처럼, 최전방에 가까워지면서 살짝 오므라드는 형태였으니 말이다.

   그리고 그 달걀 모양의 평원에는 결을 따라 나 있는 다섯 갈래의 길이 존재했다.

   승리의 협곡을 통과한 천군 진영의 병사들은 그 협곡을 따라 움직여 전방으로 이동하고 있었다.

   '흐으음, 결국 전장에 도착하면 모든 길이 다 만나게 되어

있는데 굳이 다섯 갈래로 길을 나눠 놓은 것은 무슨 이유 때문일까?'

미니 맵을 확인한 이안은 이런저런 생각을 하며, 가장 짧게 전방까지 이어져 있는 길로 걸음을 옮겼다.

최전선에 참전하는 것은 조금 미루기로 하였으나, 그렇다고 해서 아예 근처에도 가지 않고 사냥부터 시작할 것은 아니었으니 말이다.

최소한 이 전장의 구조가 어떤 식으로 만들어져 있으며, 전장은 어떻게 굴러가고 있는지 한 번은 눈으로 확인해야 하기 때문이었다.

띠링-!

-천군 진영의 '전투 보급로'에 들어섰습니다.

-이동속도가 40퍼센트만큼 빨라집니다.

길에 들어서자마자 떠오르는 메시지를 보며, 이안은 눈을 빛냈다.

'오호, 길이 역시 괜히 만들어져 있는 건 아니었어.'

이동속도 40퍼센트라는 것은 생각보다 무척이나 큰 수치였다.

결국 이 전장을 승리로 이끌기 위해서는 얼마나 효율적으로 사냥터와 전장을 오갈 수 있느냐가 관건 중의 하나일 것이기 때문이었다.

'그렇다면 다섯 갈래나 되게 나뉘어 있는 길 중에 본인의

레벨에 맞는 사냥터와 가깝게 이어진 길을 활용해야겠네.'

까망이의 등에 오른 채 직선거리를 빠르게 달리는 이안.

그런데 이동시간 동안 이런저런 생각을 정리하던 그의 시야에, 처음 보는 커다란 마력 탑 하나가 모습을 드러내었다.

"저건 또 뭐지?"

그리고 이안이 중얼거리기가 무섭게 그에 대한 답이라도 하듯 새로운 메시지가 눈앞에 떠올랐다.

띠링-!

-천군 진영의 '마력 보급 관리소(C)' 건축물을 발견하셨습니다.(자세히 보기)

"마력 보급…… 관리소?"

이안은 망설임 없이 '자세히 보기'를 선택해 보았다.

전장에서 승리하기 위해선 중요하지 않은 정보가 없을 테니 말이다.

마력 보급 관리소(C)

건물 레벨 : Lv. 1   **공격 능력** : 없음
내구도 : 175,000/175,000
분류 : 건축물   **등급** : 일반
진영 : 천군

천군 진영의 '보급로 C'의 마력 보급을 담당하는 관리소입니다.
전장에 필요한 마력을 송출하여, 최전방의 전투를 돕는 건축물입니다.
건물 레벨이 상승할수록 'C' 라인의 모든 방어 타워의 성능이 향상됩니다.

　그리고 건축물의 정보 창을 전부 읽은 이안은, 더욱 흥미로운 표정이 되었다.

　공격 능력이 아예 없는, 방어 타워가 아닌 건축물이지만, 어찌 보면 그 어떤 방어 타워보다도 훨씬 중요한 역할을 수행하는 건물이기 때문이었다.

　'만약 적진에 들어가서 마력 보급 관리소를 부술 수 있으면 제법 큰 타격을 입힐 수 있겠는데?'

　게다가 건물 레벨이 1레벨이라는 것을 보니, 이 레벨을 올려 줄 방법도 따로 존재하는 듯했다.

　그게 아니라면, 건물에 레벨이라는 개념이 존재할 이유가 없었으니까.

　'이거⋯⋯. 이런 식으로 중요한 부속 건축물이 더 있을 수도 있다는 얘기잖아?'

무척이나 흥미진진한 표정이 되어 주변을 두리번거리는 이안.

　그렇게 이안이 최전방까지 달리는 동안 확인한 건축물은 총 세 종류였다.

　1. 마력 보급 관리소

　2. 군수물자 관리소

　3. 방어 타워

　'적진에 잠입할 방법만 있으면, 관리소 건물들을 파괴하는 게 엄청 크리티컬하겠어.'

　마력 보급 관리소가 방어 타워들의 성능을 좌지우지하는 건축물이라면, 군수물자 관리소의 경우 병사들의 전투력을 좌우하는 건물이었다.

　각 라인마다 하나씩 총 다섯 개나 있는 마력 보급 관리소와 달리, 맵의 정중앙에 단 하나만 존재하는 군수물자 관리소.

　이곳은 마력 보급 관리소처럼 파괴되었을 시 디버프 효과가 있는 곳은 아니었지만, 그럼에도 불구하고 무척이나 중요한 건축물이었다.

　여기서 자원을 소모하여, 병사들의 장비를 계속해서 업그레이드할 수 있었으니 말이다.

　'초반에 이 건물이 파괴된다면, 상대 진영의 병사들과 격차를 적잖이 벌릴 수 있겠지.'

　한 번 파괴당하면 다시 짓는 데 필요한 시간과 자원이 어마어마하기 때문에, 그것이 누적되면 승기가 기울어질 수밖에 없는 것.

생각했던 것보다도 훨씬 다양한 전략적 선택지들에 이안은 더욱 의욕이 넘치는 것을 느꼈다.

'좋아 이제 마지막으로 전장이 어떻게 굴러가는지만 확인하면, 대략적으로 어떻게 움직여야 할지 결정할 수 있겠어.'

이안은 까망이를 재촉하여 더욱 빠르게 전장으로 내달리기 시작하였다.

그리고 곧, 광활한 전장을 마주할 수 있었다.

띠링-!

-천군 진영의 최전방 야영지인 '승리의 야영지'에 도착하셨습니다.

-이제부터 야영지의 '차원 상인'을 제한 없이 이용하실 수 있습니다.

-천군 진영의 야영지에 '영웅'이 도착하였습니다.

-이제부터 본격적으로 전쟁이 시작됩니다.

-지금부터 전투 중에 사망한 '천군' 진영의 영웅들은 일정 시간을 대기한 뒤 부활이 가능합니다.

-부활한 영웅은 '차원의 홀'에서 소환됩니다.

-천군 진영의 '전략 본부' 건축물을 발견하셨습니다.

전장은 넓었다.

지상에서는 한눈에 모든 전장을 파악하기 힘들 정도.

하지만 전장의 구조 자체가 복잡하냐 하면, 그건 또 아니었다.

중간중간 구릉지들이 존재하기는 했지만, 기본적으로 나무 하나 보이지 않는 널따란 평원이었으니 말이다.

가장 눈에 띄는 것은, 양 진영의 방어라인을 지키고 있는 수많은 타워들.

타워들은 각 보급로의 종착지마다 두 개씩 솟아 있으니, 양 진영에 각각 열 개의 타워가 건설되어 있는 셈이었다.

'역시나 아직까지 적 영웅이 보이지는 않는 것 같고…….
병사들과 방어 타워의 스펙이나 한번 살펴볼까?'

이안은 천군 진영의 병사들 중 하나를 선택하여 정보 창을 열어 보았다.

그리고 그 즉시 놀랄 수밖에 없었다.

지금 이안의 초월 레벨은 10레벨이었는데, 이 전장을 가득 메운 병사들의 레벨 또한 10레벨이었던 것이다.

아이템을 제외한 전투 능력상으로는, 이안과 병사들의 능력치에 큰 차이가 없는 것.

'생각보다 전장 난이도가 높구나.'

더해서 방어 타워의 스펙까지 확인한 이안은 더욱 당황할 수밖에 없었다.

"이건……."

방어 타워의 공격력은 무려 5천대가 훌쩍 넘는 수준이었고, 지금 이안의 스펙으론 스치기만 해도 빈사 상태가 되어버릴 만한 강력한 파괴력을 가지고 있었다.

게다가 마지막으로 이안을 가장 혼란스럽게 만든 것은……

-아군 진영의 병력이 마군 진영의 '차원 병사'를 성공적으로 처치하였습니다!

-경험치를 150만큼 획득합니다!

적진의 차원병사들이, 생각보다 많은 경험치를 준다는 점이었다.

경험치만으로 따지자면 사냥터의 몬스터들보다 확실히 적지만, 문제는 누가 적을 처치해도 전장 안에만 있으면 같은 경험치가 들어온다는 사실.

이렇게 되면, 사냥하는 것보다 훨씬 많은 경험치가 쌓일 수밖에 없는 것이다.

"으음……."

다만 사냥터의 몬스터들에 비해 부족한 것은 '차원코인'을 획득할 수 없다는 점.

레벨 업을 위해서는 전쟁터에 박혀 있는 것이 가장 효율적인 선택이었지만, 아이템 파밍을 위해서는 필연적으로 사냥을 다녀야 하는 구조였다.

이안은 머릿속으로 예상하고 있던 전장의 구도가 완전히

뒤집히는 것을 느끼고 있었다.

'이렇게 되면, 우리 모두가 사냥터로 이동하는 건 비효율적인 선택이 되겠어.'

처음 이안은, 당연히 전장에 있는 것보다 사냥을 다니는 것이 빠른 성장에 더 유리할 것이라 생각했었다.

하지만 지금 상황에서 사냥만 다니다가는, 오히려 적 영웅들에 비해 레벨이 현저히 밀리는 결과를 낳을 수도 있을 것 같았다.

'결국 밸런스가 중요하겠는데…….'

그리고 잠시 후.

머리를 싸매고 고민하던 이안은 모든 팀원이 야영지에 도착할 즈음 일차적인 결론을 내릴 수 있었다.

'혼자서도 사냥 속도가 빠른 사람들이 사냥 위주로 게임을 풀어야겠어. 어차피 전장에는 누가 있어도 레벨 업 속도가 같을 테니까.'

지금 로터스 길드 팀에서 가장 사냥 속도가 빠른 멤버는 당연히 이안이었다.

그리고 그 다음은, 광역기를 보유한 훈이와 레미르였다.

"유신, 헤르스 그리고 레비아 님이 전장을 지켜 주세요."

이안의 오더에, 레비아가 의아한 표정으로 되물었다.

"네? 분명히 아까 전엔, 일단 사냥부터 빡세게 하는 방향으로 얘기하지 않으셨나요?"

당연한 레비아의 물음에 모두의 시선이 이안을 향해 모였지만, 그는 단호하게 다시 입을 열었다.

"이유는 파티 메시지로 차차 설명해 드릴게요. 일단은 빨리 움직이도록 하죠."

야영지에 도착하면서 얻은 수많은 정보들로 인해 일행들은 머리가 복잡했지만, 일단 이안의 오더에 따라 곧바로 움직이기 시작하였다.

궁금한 것들이 많은 것과는 별개로 이안에 대한 신뢰도가 절대적인 수준이었으니, 아무도 그의 오더에 토를 다는 사람은 없었다.

다만 헤르스가 한마디 첨언을 했을 뿐이었다.

"일단 본격적으로 전투를 시작하기 전에, 상점부터 들릅시다. 제단 클리어하고 오르크 잡으면서 쌓인 코인으로 장비는 맞추고 시작하는 게 더 효율적일 테니까요."

너무도 당연한 헤르스의 말에, 이안은 멋쩍은 웃음을 지었다.

"아, 맞네. 돈도 안 쓰고 바로 사냥 갈 뻔했어."

너무 이것저것 동시에 생각하는 것이 많았던 나머지, 가장 기본적이고 중요한 것을 빼먹은 것이다.

이어서 이안은 인벤토리를 열어 지금까지 모인 차원코인을 한번 확인해 보았다.

그리고 흡족한 표정으로 고개를 끄덕였다.

'역시 서리 악령 증식 파밍은 탁월한 선택이었어.'

무려 1천500코인에 육박하는, 초반 치고는 부유하기 그지 없는 이안의 재화.

이안은 이 코인 전부를 탈탈 털어 모든 부위의 장비들을 맞췄다.

아직까지 '희귀' 등급 이상의 장비는 구매할 수 없도록 봉인되어 있었기 때문에, 한부위에 돈을 올인하는 것보다는 부위별로 골고루 아이템을 맞추는 것이 효율적인 선택이었다.

'좋아, 이제 한번 가 볼까?'

새로 구입한 아이템들을 전부 착용한 이안은 눈을 빛내며 미니 맵을 오픈하였다.

이어서 미리 봐 두었던 사냥터를 향해, 빠르게 움직이기 시작하였다.

끝까지 쳐 놓은 암막 커튼 때문인지, 대낮임에도 불구하고 어두컴컴한 거실.

거실을 밝히는 것은 TV의 스크린에서 흘러나오는 불빛뿐이었고, 울려 퍼지는 소리들 또한 TV에서 흘러나오는 목소리들뿐이었다.

하지만 끊임없이 울려 퍼지는 TV속 목소리들 때문인지,

거실의 분위기는 제법 시끌벅적하였다.

 ―길드마스터인 헤르스, 그리고 유신과 레비아가 전장에 남는군요.

 ―네, 그렇습니다. 이안과 레미르, 훈이는 사냥을 나서는 것 같고요.

그리고 TV 앞 소파에 앉아 있는 한 남자는, 마치 화면에 빨려 들어가기라도 할 듯 집중해서 TV를 시청하고 있었다.

한 손으로는 끊임없이 감자 칩을 집어먹으면서 말이다.

와그작― 와작―!

추리닝을 대충 걸친 채, 초췌한 몰골로 반쯤 비스듬히 누워 있는 남자의 모습.

그의 눈에는 다크서클마저 깊게 내려앉아 있었지만, 그와 별개로 눈빛만은 무척이나 초롱초롱했다.

 ―뭐, 적절한 선택인 것 같습니다. 아무래도 PVE에 강한 멤버들이 사냥을 나서는 편이 사냥 효율이 잘 나올 테니 말이죠.

 ―그래도 셋이나 전장을 비우는 것은 위험한 선택이 아닐까요? 이제 곧 마족 진영의 영웅들도 전장에 모습을 드러낼 텐데 말이에요.

 ―루시아 님 말씀도 일리가 있지만, 적어도 초반에는 크게 염려하실 필요가 없을 듯합니다.

 ―이유를 설명해 주실 수 있을까요?

 ―어차피 초반에는 병사들과 포탑의 힘이 엄청 강력하기 때문이죠. 마족 진영의 영웅들과 인원 차이가 좀 난다고 해서, 방어선을 뚫릴 정도는 아닐 것이라는 말입니다.

열심히 감자칩을 오물거리며, YTBC캐스터들의 해설을

듣던 남자.

나지찬은 만족스러운 목소리로 나지막하게 중얼거렸다.

"확실히 YTBC 캐스터들이 해설을 잘한단 말이지."

영웅의 협곡 전장은 오늘 처음 공개된 전장이다.

물론 방송사에서는 해설에 필요한 약간의 정보를 사전에 넘겨받았지만, 어디까지나 기본적인 정보들일 뿐이었다.

하인스와 루시아의 해설은 대부분 두 사람의 주관적인 판단 하에서 이루어질 수밖에 없다는 말.

게다가 현장에 있는 것도 아닌 상황에서 핵심을 잘 꼬집어 설명하는 두 사람의 해설이 나지찬은 제법 마음에 들었다.

'물론 놓치고 있는 부분이 없는 건 아니지만 말이지.'

나지찬은 탁자에 놓여 있던 찻잔을 한 모금 홀짝인 뒤, 다시 스크린에 집중하기 시작했다.

지금까지는 무척이나 순조롭게 전투를 진행해 온 로터스 팀이었지만, 이제부터 슬슬 변수가 발생하기 시작할 것을 알고 있기 때문이었다.

루시아와 하인스는 물론 심지어 이안을 비롯한 로터스의 팀원들까지도 한 가지의 사실을 완벽하게 간과하고 있었으니까.

'유저들이야 영웅의 협곡이 처음 겪는 콘텐츠겠지만 AI들의 입장에서는 아니라는 말씀.'

서리악령을 증식하여 단숨에 레벨을 끌어올리고, 악령으

로부터 얻은 희귀 무기를 활용하여 중간 보스까지 순식간에 처치한 이안.

나지찬이 보기에도 분명 이안의 활약은 대단했지만, 그것은 '처음' 이 협곡에 진입했다는 전제가 있기 때문에 대단한 것일 뿐이었다.

생각해 보라.

만약 사전에 서리악령을 증식할 수 있다는 정보를 가졌더라면, 이안이 아니라 누구라도 충분히 그러한 플레이를 해낼 수 있지 않겠는가.

물론 피지컬로 인한 사냥 속도의 차이가 있을 수는 있겠지만, 정보만 가지고 있었다면 어지간한 랭커들은 비슷한 성과를 만들어 낼 수 있는 것이다.

그리고 적진의 영웅들인 마계 진영의 장수들은, 이안보다 훨씬 많은 정보를 가지고 있는 AI들이었다.

전투 AI 또한, 여느 랭커 못지않게 뛰어난 수준.

때문에 이안을 비롯한 로터스 길드원이 한발 앞서 나가고 있다는 생각은, 모두의 '착각'일 뿐이었다.

그것은 직접 기획에 참여한 나지찬이 누구보다 잘 알고 있었다.

"전장에 먼저 도착했다고 무조건 앞서나간다는 생각은 위험하다는 말이지, 후후."

TV로 송출되는 화면만 봐서는 마족 진영의 상황에 대해 알 수 없었지만, 나지찬은 대략적으로 상황이 어떻게 굴러가고 있는지 예측해 볼 수 있었다.

'지금쯤 아마 마족 진영의 영웅들은……,'

잠시 뭔가를 생각하는지 살짝 눈을 감은 나지찬은, 씨익 웃으며 작은 목소리로 중얼거렸다.

"발할라Valhalla의 첫 번째 봉인을 풀기 위해 이동했겠지."

발할라는 본래, 북유럽의 신화에 등장하는 신들의 궁전에서 유래된 단어이다.

하지만 이 영웅의 협곡에서 발할라는, 단순히 신들이 사는 궁전을 의미하는 것이 아니었다.

정확히 말하자면, '고대의 신족들'의 영혼을 봉인해 놓은 곳이었으니 말이다.

띠링—!

—발할라의 첫 번째 봉인을 성공적으로 해제하였습니다!

—고대의 마신족 '오클립스'의 일족이 봉인에서 해제됩니다.

—지금부터 마족 진영의 '차원의 홀'에서, '오클립스'일족의 용사들이 추가로 소환됩니다.

—이제부터 마족 진영의 '차원 상점'에서, '오클립스' 일족의 장비를 구입할 수 있습니다.

훈이를 비롯한 로터스의 다섯 팀원은 물론, 이안조차도 발견하지 못했던 콘텐츠인 발할라.

마족 진영의 영웅들이 가장 먼저 공략한 콘텐츠는 바로 이것이었다.

"크하핫, 첫 번째 봉인을 성공적으로 풀었군."

"좋아. 이제 오클립스 일족의 병사들이 전장에 투입되기 시작하면 천군 진영의 녀석들은 박살이 나기 시작하겠지."

"크크, 오클립스 일족의 거대한 덩치를 보기만 해도, 천군 녀석들은 혼비백산할 테지."

"천군 녀석들도 신족을 깨우지는 않았으려나?"

"걱정도 팔자군, 파르시온. 상대 녀석들은 협곡에 처음 발을 들인 애송이들이야. 발할라의 중요성을 알 리가 없잖아?"

"아마 발할라라는 게 있다는 사실도 모를걸?"

"하긴. 우연히 발할라를 찾았더라도, 공략에 성공하는 데까지는 제법 애를 먹을 수밖에 없겠지."

붉은 빛깔의 암석들로 만들어진, 멋들어진 외형을 가진 웅장한 신전.

그곳을 나오는 마족 영웅들은 자신감이 넘치는 표정이었다.

난이도 높은 발할라의 시련을 초반부터 빠르게 클리어해 냈으니, 그것으로 한 발짝 크게 앞서가기 시작했다고 판단한 것이다.

신전에서 걸어 나온, 여섯 명의 마족 영웅들의 평균 레벨은 8~9레벨 정도.

심지어 그들은, 레벨조차도 로터스 길드보다 앞서 있었다.

–발할라의 두 번째 시련에 도전할 자격이 충족되었습니다.

–시련에 도전하시겠습니까?

새로이 생성된 메시지를 확인한 마족 진영의 영웅들은 고개를 저으며 도전을 거부하였다.

"아니, 전멸당할 일 있어? 지금 두 번째 시련에 왜 들어가?"

"얼른 전장으로 가서, 천군 진영의 애송이들 목이나 따 버리자고."

"크흐흐, 생각만 해도 기분이 좋군. 난 모아둔 돈으로 오클립스 종족의 언월도를 사야겠어. 허약한 천군 녀석들의 머리통을 쪼개 주기엔 거대한 오클립스의 언월도만 한 장비가 없지."

저마다 한마디씩을 중얼거린 마족 영웅들은 신전을 둘러싼 수풀을 헤치고 빠르게 바깥으로 걸어 나갔다.

가까운 보급로를 찾아 진입하여, 최대한 빠르게 전장에 합류하기 위함이었다.

그리고 그들의 선두에는 마치 대장격으로 보이는 장군인 '무스카'가 일행을 리드하고 있었다.

"무스카, 이제 발할라도 오픈했는데, 다음 계획은 혹시 생각해 놓은 것 있어?"

"그러게, 일단 한동안은 전장에서 경험치를 쌓아야겠지

만……. 계속 전장에만 있을 건 아니잖아?"

뒤따라오는 영웅들의 물음에, 무스카는 잠시 멈칫 하였다.

생각해 둔 작전들이야 여러 가지 있었지만, 경우의 수가 많았기 때문에 곧바로 대답하지 못한 것이다.

그리고 잠시 후, 그의 굵직한 목소리가 이어졌다.

"지금 전장에 진입하면, 녀석들은 분명 방심하고 있을 거다."

"방심? 어째서 그렇지?"

"그들은 우리의 레벨을 확인할 길이 없을 테고, 발할라의 존재도 알 리 없기 때문이지."

"음……?"

"정보가 없는 상황에서 자신들보다 늦게 등장한 우리를 마주한다면, 당연히 레벨이 낮다고 생각할 터."

무스카가 확신에 찬 목소리로 말을 이었다.

"그걸 역이용해서 녀석들을 유인한 뒤, 킬 포인트를 올리는 게 첫 번째 전략이다."

"오호."

"그리고 최대한 많은 킬 포인트를 확보해서 빠르게 경험치와 자원을 확보한 뒤……."

잠시 뜸을 들인 무스카의 두 눈이 날카롭게 빛나기 시작하였다.

"녀석들이 부활 대기에 걸려있는 사이 '미로의 지하 통로'

를 공략한다."

차원코인을 탈탈 털어 모든 부위의 장비를 싹 차려입은
이안.

그의 레벨 업은 무척이나 순조롭게 진행되고 있었다.

사냥을 시작한 지 10여 분 만에 2레벨을 추가로 올렸으니
말이었다.

−몬스터 '자이언트 더스트'를 성공적으로 처치하셨습니다!

−경험치를 546만큼 획득합니다.

−소환수 '뿍뿍이'의 레벨이 올랐습니다.

−'뿍뿍이'의 레벨이 초월 11레벨이 되었습니다.

−레벨이 올랐습니다!

−12레벨을 달성하여 새로운 고유 능력을 하나 더 개방할 수 있습니다.

서리 단검처럼 따로 획득한 아이템이 있는 것은 아니었지
만, 바닥났던 차원코인도 다시 제법 쌓인 상황.

그리고 이러한 빠른 사냥이 가능했던 이유는 훈이와 레미
르의 '몰아주기' 전략 덕분이었다.

훈이와 레미르가 유틸 마법들을 최대한 활용하여, 사냥터
의 경험치를 이안에게 몰아준 것이다.

이것은 로터스 팀의 무척이나 즉흥적인 작전이었는데, 갑

자기 계획에도 없던 전략을 짜게 된 이유는 따로 있었다.

시작은 사냥터로 이동하던 도중 이안이 우연히 발견한, 하나의 숨겨진 던전(?) 때문이었다.

"누나, 유신이랑 헤르스, 레비아 님이 전방에서 버텨 주는 동안 우리는 최대한 빠르게 1,500차원코인을 모아 보자."

"그걸로 뭘 할 건데?"

"방금 우리가 지나왔던 '군수물자 관리소' 기억나지?"

"응. 당연하지."

"처음 지나갈 때는 몰랐는데 방금 보니까 그 바로 뒤쪽에 던전 같은 곳이 하나 있었거든. 이름이, '미로의 지하 통로' 였던가?"

"미로의…… 지하 통로?"

"응. 들어가 봐야 확실히 알 수 있겠지만 느낌상 숨겨진 던전 같은 곳이었어."

"그런데 그곳이랑 차원코인이 무슨 연관이 있어?"

"거기 입장하기 위해서 필요한 게 '미로의 증표' 라는 아이템인데, 그게 1,500코인이더라고."

"아하……?"

"초반에 1,500코인이 적은 자원은 아니지만, 거기 들어가기만 하면 분명히 그 이상의 보상을 얻을 수 있을 거야."

"오케이, 좋았어. 형이 얻은 그 단검처럼 희귀 등급 장비만 몇 개 주울 수 있어도 충분히 남는 장사지."

미로의 열쇠를 구입하기 위한 1,500차원코인.

세 사람은 사냥의 첫 번째 목표로, 미로의 지하 통로를 오픈하기 위한 1,500코인을 모으는 것으로 합의를 보았다.

하지만 문제가 하나 있었으니 이 영웅의 협곡 내에서, 자원이나 아이템을 교환하는 것이 불가능하다는 점이었다.

세 사람이 획득한 코인을 한 사람에게 모아 줄 수가 없다는 점.

해서 레미르와 훈이가 생각한 것이, 이안에게 일단 사냥 보상을 몰아주는 것이었다.

"이안아, 기왕 이렇게 된 거 네가 먼저 몇 레벨 더 빠르게 올리는 것은 어때?"

"으응?"

"나랑 훈이랑 너한테 전부 몰아주기식으로 운영해 볼 테니까, 네가 레벨도 빠르게 올리면서, 1500코인 먼저 모아서 지하통로 문을 따는 거지."

"오호."

"그리고 던전에 진입한 뒤부터는, 네가 나랑 훈이를 버스태워 주는 거야. 그렇게 하면 조금 더 빠른 시점부터 던전 안에서 사냥이 가능할 테니까."

레미르의 이야기는 계획에 없던 변칙적인 전략이었지만, 이안과 훈이는 동시에 고개를 끄덕였다.

두 사람이 듣기에도 충분히 괜찮은 작전이었으니 말이다.

그리고 그 결과, 고작 10분 정도 만에, 이안의 인벤토리에 1,500차원코인이 다시 모일 수 있었고…….

"좋아, 이제 돈은 모였고, 둘 다 준비 됐지?"

"오케이! 스킬 쿨도 거의 다 돌아왔어."

"나도 준비됐어!"

빠르게 '미로의 증표'를 구입해 온 이안은 망설임 없이 던전의 입구를 오픈하였다.

띠링-!

-조건이 충족되었습니다.

-특수 아이템, '미로의 증표'를 사용합니다.

-'미로의 지하 통로'의 입구가 열렸습니다.

-지하 통로에 입장하시겠습니까? (Y/N)

영웅의 협곡 전장은, 분기마다 한 번씩 맵이 재구성된다.

기본적인 룰과 틀은 비슷하지만, 맵의 구조를 비롯하여 곳곳에 숨겨진 각종 히든피스들과 아이템들이 싹 다 재구성되는 것이다.

그리고 굳이 이렇게 하는 것에는 두 가지 이유가 있었다.

첫 번째로, 이렇게 해야 콘텐츠의 다양성이 확보되어 더 재밌어질 것이었으며, 두 번째로, 이렇게 맵을 변환하지 않으면 공략이 고착화되어 버릴 것이기 때문이었다.

영웅의 협곡은 RPG 게임인 카일란을 E스포츠화시키기 위한 LB사의 큰 그림이었기 때문에, 기획 팀에서 그 어떤 콘텐츠보다 더 신경 쓸 수밖에 없었던 것이다.

그리고 로터스 길드에서 불리를 감수하고 첫 번째 타임에 전장을 도전한 이유도 여기에 있었다.

시즌이 시작된 이후 AI모드를 클리어한 팀에게는, 빨리 클리어한 순서대로 '차원 영웅 랜덤 상자'가 차등 지급되니 말이다.

가장 처음으로 클리어한 팀에게는 총 열 개의 상자가, 두 번째부터 열 번째까지 클리어한 팀에게는 총 다섯 개의 상자가, 마지막으로 열한 번째부터 백 번째 클리어한 팀에게는 한 개씩의 상자가 지급되는 것이다.

그 상자에는 순위 산정에 적용되는 점수와는 무관한 아이템들이 들어 있었지만, 랭커들에게는 충분히 매력적일 만한 보상이었다.

상자 안에 들어 있을 아이템들의 성능과는 무관하게, 그것은 매 시즌으로 '한정'되어 있는 리미티드 에디션 같은 아이템들이었으니까.

그리고 만에 하나 첫 주에 클리어하지 못하더라도 그 다음 주에 한 번의 기회가 더 있으니 로터스는 자신만만하게 첫 타임으로 도전을 한 것이었다.

반면에 타이탄 길드 팀과 같은 다른 한국 팀들의 경우 안정적으로 다음 타임을 선택한 것이고 말이다.

로터스의 공략 영상을 초반부라도 시청하고 전장에 들어간다면, 더 안정적으로 클리어할 수 있을 테니까.

'힘들게 찾아낸 정보들이 알려질 게 배 아프기는 하겠지만, 그래도 첫 번째 클리어 팀은 우리가 되어야지.'

지하통로에 들어선 이안은 조심스레 안쪽으로 진입하기 시작하였다.

통로의 도입부는 인위적으로 만들어진 듯 보이는 구조를 가지고 있었지만, 안으로 들어갈수록 자연 동굴 같은 형태의 기다란 던전이었다.

그리고 이 통로 안에 등장하는 몬스터들의 레벨 대는 이안이 예상했던 것보다 더 높은 수준이었다.

훈이와 레미르의 레벨을 기준으로 하면, 거의 두 배 언저리의 레벨을 가진 몬스터들이 등장했으니 말이었다.

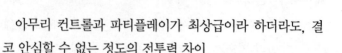

변이된 대지의 정령 : Lv 17(초월)
변이된 바위 골렘 : Lv 19(초월)

아무리 컨트롤과 파티플레이가 최상급이라 하더라도, 결코 안심할 수 없는 정도의 전투력 차이.

때문에 이안은, 정신없이 오더를 내리며 급박하게 움직여야만 했다.

"훈아, 대지의 정령 마법 캐스팅 좀 계속 끊어 줘! 골렘 공격은 피하면 그만이니까 신경 쓰지 말고!"

"알겠어, 형!"

"누나는 파이어 월로 측 후방 몬스터들 접근 좀 막아 줘! 그럼 내가 나머지 몬스터들 유인해서 묶어 둘 테니까, 광역으로 마무리 좀 해 주고."

"오케이!"

지하 통로에 있는 바위 골렘들과 대지의 정령들은 서로 시너지를 내는 몬스터들이었다.

바위 골렘이 앞에서 탱킹을 하면 뒤에서 대지의 정령이 강력한 대지 속성의 광역 마법을 난사하고, 골렘에게 각종 버프를 걸어 주었던 것이다.

때문에 골렘 하나를 처치하는 데만 해도 제법 오랜 시간이 걸리는 것.

생각만큼 사냥 속도가 나오지 않자 이안은 조금 답답했지만, 첫 번째 골렘을 처치하고 받은 보상으로 완전히 해소되었다.

원래의 계획을 캔슬하고 지하 통로에 진입한 것이 옳은 선택이었다는 것을 확신할 수 있을 정도로, 그 보상이 짭짤했으니 말이다.

-'변이된 바위 골렘'을 처치하셨습니다!

-경험치를 1,080만큼 획득합니다.

-350차원코인을 획득하였습니다.

경험치야 노력에 비해 많다는 생각이 들 정도는 아니었으나, 350이라는 차원코인은 확실히 만족스러웠던 것.

게다가 여기서 끝이 아니었다.

대지의 정령들이 마법을 발동시키며, 새로운 몬스터 패턴이 나타났으니 말이다.

그리고 이것이 본격적인 '꿀'의 시작이었다.

-'변이된 대지의 정령'들이 대지의 마법 '어스 리저렉션Earth Resurrection'을 캐스팅합니다.

-부서진 바위 골렘의 파편들이 생명을 부여받았습니다.

-하급 바위 정령 '락쿰'들이 소환되었습니다.

-하급 바위 정령 '락쿰'들이 소환되었습니다.

……후략……

한 마리의 처치된 골렘으로부터 나온 파편들에 녹빛의 기운이 스며들자, 거의 열 마리에 가까운 작은 골렘들이 소환되었다.

그리고 처치하기 까다로웠던 골렘들과 달리, 이 미니 골렘(?)들은 허약하기 그지없었다.

공격력은 골렘만큼이나 위협적이었지만 느릿느릿해서 피하기 쉬운 패턴이었고, 생명력과 방어력은 원래 골렘의 절반조차 되지 않았으니 말이다.

미니 골렘 '락쿰'의 무리들은, 광역 딜러가 둘이나 있는 지금의 이안 파티에겐 달달한 녀석들이라고 할 만한 것.

-'락쿰'을 처치하였습니다!

-경험치를 275만큼 획득합니다.

-50차원코인을 획득하였습니다.

-'락쿰'을 처치하였습니다!

-경험치를 275만큼 획득합니다.

-50차원코인을 획득하였습니다.

……후략……

"헐, 대박……! 골렘 이거 완전 꿀몹이잖아?"

"크으, 차원코인 쌓이는 것 보소. 조금만 파밍해도 1만 코인 정도는 금방 쌓겠는데?"

인벤토리에 굴러들어 오는 차원코인들을 보며 만면에 미소가 번지는 레미르와 훈이.

그리고 이 전장을 주도하고 있는 이안 또한 적잖이 만족스러운 표정이었다.

'공략 난이도에 비해 경험치는 살짝 아쉽지만, 코인 쌓이는 것 만큼은 대박이네.'

가장 만족스러운 부분은, 사냥할 몬스터의 숫자가 충분하다는 점!

게다가 결국 사냥이 계속 이어지자 일행은 괜찮은 장비 하나도 득템할 수 있었다.

띠링―!

―'변이된 대지의 정령'을 성공적으로 처치했습니다!

―'오염된 대지의 지팡이' 희귀(초월) 등급의 아이템을 획득하였습니다!

그리고 이 지팡이는 레미르에게로 돌아갔다.

획득한 사람은 이안이었으나, 서리 단검과는 달리 계정 귀속이 아니었던 것이다.

지팡이의 옵션을 확인한 레미르는 만족스러운 표정이 되었다.

"이 정도면 아주 쓸 만한 스펙이네."

"그렇지. 속성 증댐 옵션이 대지 속성인 게 아쉽기는 하지만, 마법 공격력 붙어 있는 것 만 해도 충분히 높으니까."

"쳇, 나도 지팡이 필요한데……."

지팡이가 레미르에게로 돌아가자 훈이의 입술이 삐죽 나왔지만, 딱히 불만이 있는 것은 아니었다.

지팡이에 붙어 있는 마력 재생 옵션이 어둠 마력이 아닌 일반 마력 재생이었으니, 레미르에게 지팡이를 주는 것이 더 효율적일 수밖에 없는 것이다.

"좋았어. 이제 꼬마 골렘들을 더 빨리 녹여 줄 수 있겠군."

"그럼, 다시 출발하자고. 쉴 시간 같은 건 없으니까 말이야."

"쳇, 어련하시겠어."

지팡이를 획득한 뒤 가볍게 정비를 마친 세 사람은 계속해서 지하 통로의 안쪽으로 파고들었다.

지하 통로가 어느 방향으로 향하고 있는지는 알 수 없었지만, 인벤토리에 쌓이는 재화들을 보고 있자면 도저히 뒤돌아나갈 엄두가 나질 않았다.

'그래, 이 끝에 뭐가 있을지는 모르겠지만, 일단 가 보고 나서 생각하자.'

전투가 지속될수록 노하우와 숙련도가 쌓인 덕에, 점점 더 사냥 속도가 빨라지는 이안의 파티.

그러나 계속해서 순조롭게 이어질 것만 같던 그들의 사냥도, 결국 브레이크가 걸릴 수밖에 없었다.

"……!"

사냥하던 세 사람의 눈앞에 그들 중 누구도 생각지 못했던 시스템 메시지들이 떠올랐으니 말이다.

띠링—!

-마족 진영의 공격을 받아, 파티원 '유신'이 치명적인 상처를 입었습니다.

-파티원 '유신'이 사망하였습니다.

-사망한 영웅은 일정 시간(11분 30초)의 부활대기시간이 지난 이후 '차원의 홀'에서 부활됩니다.

-마족 진영에서 첫 번째 킬 포인트를 획득했습니다.

-최초 영웅 킬에 따른 100퍼센트만큼의 추가 보상이 주어집니다.

그리고 이러한 변칙적인 상황은, 이안 파티의 발걸음을 멈추게 만들기에 충분하였다.

"뭐지? 전장이 밀리고 있는 건가?"

한편 지하 통로에 들어선 이안 일행이 당황하고 있던 그 때.

첫 번째 킬 포인트를 따낸 마족 진영의 영웅들 또한, 나름 대로 혼란스러워 하고 있었다.

첫 번째 킬을 따서 막대한 보상을 얻었음에도 불구하고, 썩 밝은 표정들이 아닌 것이다.

"후우, 힘들었군. 이제야 첫 킬 포인트를 따내다니."

"그러게 말이야. 이거 계획했던 것보다 너무 늦어졌는데."

마족 영웅들의 표정이 밝지 못한 이유는 다른 것이 아니었다.

처음 '발할라'의 봉인을 해제하고 전장에 도착했을 때부터, 그들의 예상이 계속해서 어긋났기 때문이었다.

"한 놈은 어찌어찌 잡았는데, 저 타워들 안에 박혀 있는 두 녀석은 도저히 잡을 방법이 보이질 않아."

"으으, 겁쟁이 천군 놈들, 대체 왜 이렇게 소극적인 거지?"

"우리의 강력한 전투력을 확인했을 테니 소극적인 게 당연하지."

"아니, 그게 아니고, 저놈들 처음부터 시종일관 저랬잖아."

"하긴, 그것도 그러네."

원래 마족 영웅들의 작전은 천군 진영의 영웅들을 유인해 내어 일망타진 하는 것이었다.

전장에 늦게 도착한 자신들을 얕본 천군 진영의 영웅들이 달려들면, 천군 진영 타워에서 먼 곳까지 유인하여 한 번에 몰살시키려고 했었던 것이다.

하지만 그 전략은 처음부터 엇갈릴 수밖에 없었다.

천군 진영을 지키던 세 사람은, 오히려 마족 영웅들이 자신들보다 강할 것이라고 생각하고 있었으니 말이었다.

'저놈들, 충분히 사냥하고 올라와서 아마 레벨이 높을 거야.'

'우린 이안 덕에 중간 보스를 빨리 잡은 거니까 아직까진 조심하면서 레벨만 올려야 해.'

레벨과 장비가 이안에게 몰빵되다시피 한 로터스 팀 입장에서는 당연히 마족 유저들이 더 강력할 것이라 판단하였고, 때문에 타워 근처를 벗어나지 않은 채 소극적으로 전장을 운영한 것이다.

빨리 킬 포인트를 따고 다음 전략을 진행하려던 마족 영웅들의 입장에선, 답답할 수밖에 없는 상황.

그나마 퍼스트 킬을 따낼 수 있었던 것도, 봉인 해제한 발할라의 신족 병사들 덕분이었다.

일반 병사들보다 탱킹 능력이 수 배 이상 강력한 오클립스 일족의 병사가 방어 타워의 공격을 받아 내는 사이, 마족 영웅 다섯이 동시에 다이브를 하여 유신을 처치할 수 있었던 것.

하지만 이미 마족 영웅들이 계획했던 것보다 훨씬 많은 시간이 지나간 시점이었으니, 그들의 입장에서는 만족스럽지 못할 수밖에 없는 것이다.

"어떻게 할 거야, 대장?"

"흐으음……."

"킬 포인트는 여기서 만족하고 미로의 지하 통로 뚫으러 가?"

다른 영웅들의 물음에 무스카는 지그시 눈을 감았다.

본래의 계획대로 진행하기에는 애매한 상황이 되어 버렸으니 말이다.

그리고 잠시 후, 무스카는 천천히 다시 입을 떼기 시작하였다.

"천군 진영의 나머지 세 놈들이 어디 있는지도 모르는 상황에서 그건 좀 무리한 작전인 것 같다."

"아무래도 그렇겠지……?"

무스카는 두 눈을 날카롭게 빛내며, 다시 말을 이었다.

"기왕 이렇게 된 거……."

잠시 뜸을 들인 무스카가 입을 열었다.

"한쪽 라인을 빠르게 밀어 버리는 방향으로 가닥을 잡아야 겠어."

발할라 덕분에 강력해진 병력을 이용하여, 아예 다섯 라인 중 하나를 밀어붙이겠다는 이야기.

　무스카의 말에 영웅들은 고개를 끄덕였고, 전장을 향해 다시 움직였다.

　그리고 그들의 공격이 본격적으로 시작되자 천군 진영의 전선은 차츰차츰 밀리기 시작하였다.

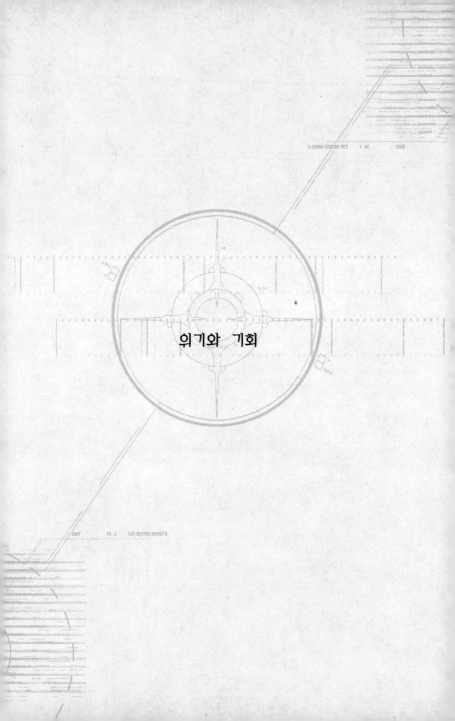

위기와 기회

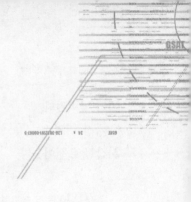

  뜻밖의 비보를 접한 이안은 곧바로 파티 채팅을 열어 상황을 물어보았다.

  이안은 지금 적잖이 혼란스러운 상황이었다.

  '분명히 맞붙지 말라고 얘기해 놓고 왔는데…….'

  만약 사전에 이야기한 대로 수비적으로 전장을 운영했다면, 방어 타워의 위력이 절대적인 초반에는 킬을 따이고 싶어도 따일 수가 없으니 말이다.

  ─이안 : 대체 어떻게 된 거야? 무리해서 싸우지 말라고 했잖아.

  그러자 기다렸다는 듯 전장에 있던 파티원으로부터 메시

지가 날아왔다.

　가장 먼저 말문을 연 것은, 억울해 죽겠다는 듯 이야기를 시작한 유신이었다.

　–유신 : 난 전혀 무리하지 않았다고. 타워 바로 옆에 바짝 붙어서 허깅하는 중이었는걸.

　그리고 유신의 대답이 돌아오자, 이안은 더욱 당황할 수밖에 없었다.

　–이안 : 정말? 그런데 죽었다고?

　–헤르스 : 맞아. 우리 전부 각자 타워 하나씩 맡아서 허깅 중이었어.

　–레미르 : 그런데 어떻게 죽을 수가 있는 거지? 타워 공격력 어마어마하던데…….

　–간지훈이 : 뭐, 놈들이 작정하고 타워 사거리 안쪽까지 전부 뛰어들어 다굴을 놓았다면 죽을 수도 있겠지만, 그랬으면 저놈들도 하나 이상은 타워에 맞아 죽어야 정상인데?

　–유신 : 지금 마군 진영에는 이상한 괴물 같은 병사들이 있어.

　–이안 : 응? 괴물?

　–유신 : 굳이 외형을 설명하자면, 시뻘겋게 불타는 오우거 같은 생김새랄까.

　–이안 : 그게 대체 뭔데?

—유신 : 몰라. 나도 뭔지는 모르겠는데, 마치 차원 병사들 지원 오듯이 라인 타고 계속 한두 마리씩 나타나더라고.

—이안 : 내가 처음 갔을 땐 분명 그런 병사는 없었는데?

—유신 : 처음부터 그랬던 건 아냐. 어느 순간부터 갑자기 나타나기 시작했으니까.

—이안 : 그 빨간 오우거가 그렇게 세?

—유신 : 공격력은 딱히 일반 병사랑 큰 차이 없어 보이는데, 탱킹 능력이 장난 아니더라고.

—이안 : 음…….

—유신 : 녀석이 타워의 공격을 맞으면서 버텨 주는 동안, 마군 녀석들이 갑자기 난입해서 다굴을 놓은 거야.

여기까지 들은 이안은 대략적인 상황이 머릿속에 그려지는 것을 느꼈다.

'타워의 공격에 잠깐이라도 버텨 줄 존재가 있었다면, 확실히 킬을 내어 줄 만한 상황이긴 했네.'

고개를 주억거린 이안이, 이번에는 레비아를 향해 물었다.

유신이 당한 것도 치명적이기는 했지만, 그보다 현재의 전황이 어떻게 굴러가는지가 더 중요했기 때문이었다.

—이안 : 흠, 그럼 그건 그렇다 치고. 현재 전장 상황은 어때요, 레비아 님?

—레비아 : 지금 저랑 헤르스 님 둘이서 아예 타워 하나에 같이 서 있어요. 이렇게 안 하면 또 다이브 들어올 것 같아서 말이죠.

　—이안 : 그럼 다른 라인들은…… 밀리기 시작했겠네요?

　—레비아 : 그렇죠, 뭐. 영웅이 개입하지 않더라도, 병사들 전력도 마군 쪽이 훨씬 강하니까요.

　—이안 : 그것 역시, 빨간 오우거 같은 놈들 때문이죠?

　—레비아 : 네, 맞아요.

　"후우."

　어느 정도 채팅으로 전황을 파악한 이안은, 머릿속이 혼란스러워지는 것을 느꼈다.

　'대체 이게 무슨 상황이지? 마족 진영에만 새롭게 강력한 병사들이 충원되다니…….'

　그리고 빠르게 머리를 굴려, 혹시 콘텐츠들 중 놓친 부분이 있는 것은 아닌지 생각했다.

　'혹시 군수물자 관리소에서 강화 병사가 추가되도록 업그레이드할 수 있는 기능이 따로 있었던가?'

　하지만 아무리 생각해 봐도, 이안이 확인했던 콘텐츠들 중에는 그러한 내용이 존재하지 않았다.

　이안은 발견했던 모든 콘텐츠들을 꼼꼼하게 읽고 기억해 두었으니 그것은 의심할 여지가 없는 사실이었다.

　'어찌해야 한다…….'

파티 채팅을 하는 와중에도, 지하 통로에서의 전투는 계속해서 이어지고 있었다.

이제는 이안과 훈이, 레미르의 레벨도 제법 오른 상황이었고, 사냥 숙련도는 말할 것도 없는 상태였으니 채팅과 별개로 계속해서 사냥하는 것이 크게 어렵지 않았다.

공격 마법 캐스팅을 한차례 완료한 레미르가 이안을 향해 물었다.

"이안아, 어떻게 할 거야?"

"으음……."

"파밍도 중요하긴 하지만, 타워가 밀리기 시작하면 걷잡을 수 없지 않을까?"

훈이도 옆에서 고개를 끄덕이며 한마디 거들었다.

"그래. 레미르 누나 말이 맞아. 일단 돌아가서 돕는 게 맞는 것 같아."

하지만 두 사람의 물음에도 이안은 곧바로 대답하지 않았다.

지금 이안의 머릿속은, 여러 가지 경우의 수를 계속해서 떠올리느라 터질 것 같은 상황이었기 때문이다.

'물론 막아 내긴 해야겠지만, 우리가 직접 가서 막는 건 하책이야.'

지금 만약 이안을 비롯한 세 사람이 돌아간다면, 얼추 녀석들의 공격을 막아 낼 수는 있을 것이었다.

이 지하 통로에서 파밍한 차원코인들이 어마어마한 수준이었기 때문에, 상점에서 아이템만 싹 갈아엎어도 훨씬 더 강력한 전투력을 자랑할 수 있을 테니 말이다.

하지만 그것도 잠시뿐.

결국에는 마족 영웅들의 페이스에 끌려다니게 될 뿐이라고 생각했다.

근본적인 병력의 차이는 어쨌든 해소되기 힘들뿐더러, 그 차이로 인해 생긴 여유를 이용하여, 마족 영웅들 또한 파밍을 시작할 테니 말이다.

그렇게 되면 마족 영웅들은 자신들의 의도대로 전장을 이끌어 가는 반면, 로터스 팀은 기껏 선점한 콘텐츠들을 제대로 활용할 수 없게 될 것이었다.

'어쩐다……. 도박을 한번 해 봐야 하나?'

그런데 그렇게 이안이 복잡하게 머리를 굴리고 있던 바로 그때…….

띠링-!

이안 일행의 눈앞에 새로운 시스템 메시지들이 떠올랐다.

-어디선가 사이한 기운이 느껴집니다.

-지상으로부터 강렬한 마기가 느껴집니다.

-마계의 기운이 느껴지는 땅에 진입하였습니다.

그리고 그 메시지를 확인한 이안의 두 눈이 점점 더 확대되기 시작하였다.

"젠장, 이거 곧 있으면 타워 하나씩 터져 나가게 생겼는데."

"그러게 말이에요. 균형은 이미 무너졌고……. 이러다가 야영지까지 쭉 밀려들어가겠어요."

유신이 부활 대기 시간에 들어간 이후, 전장에 남은 헤르스와 레비아는 힘겨운 싸움을 해 나가고 있었다.

버티기에 최적화된 탱커와 힐러 포지션의 두 사람이었기에 추가 킬 포인트를 내어 주지는 않았지만, 그들이 할 수 있는 것은 딱 거기까지일 뿐이었다.

이미 그들의 영향력이 닿지 않는 외곽의 타워는 내구도가 바닥까지 떨어졌으며, 이대로 몇 분만 더 지나면 파괴될 위기였으니 말이었다.

"대체 이안이는 어쩌려는 걸까요?"

"글쎄요. 곧바로 지원 온다는 이야기를 하지 않으시는 걸보니, 그쪽에서도 뭔가 하고 있기는 한 것 같은데……."

두 사람은 점점 더 초조한 표정이 되었다.

최전방에 있는 타워가 밀린다고 해서 곧바로 야영지까지 적들이 들이닥칠 수 있는 것은 아니지만, 야영지의 바로 앞에 있는 방어 타워까지 전선이 밀려 올라가게 될 것이었으니 말이다.

그리고 그렇게 밀려 올라가고 나면 그쪽까지 뚫리는 것도 시간문제일 뿐이었다.

'이어서 야영지까지 점령되고 나면……. 회복 불가능할 정도로 큰 타격을 입겠지.'

헤르스는 끝없이 밀려드는 마군 병사들의 공격을 막아 내며, 아랫입술을 잘근잘근 씹었다.

지금까지 버텨 내면서 레벨은 제법 올랐지만, 딱히 고무적인 것도 아니었다.

레벨이 오른 것은 마족 진영의 영웅들도 마찬가지일 테니 말이다.

그런데 그렇게, 힘겨운 싸움을 하던 그때였다.

"어, 뭐지?"

"왜 그러세요, 레비아 님?"

"아뇨. 뭔가 이상해서요."

"……?"

"갑자기 우리 병사들이 더 강력해진 것 같지 않아요?"

레비아의 말을 들은 헤르스는 주변을 둘러보며 전장을 살폈다.

그리고 다음 순간, 놀랄 수밖에 없었다.

일방적으로 밀리던 천군 진영의 병사들이 갑자기 마군 진영의 병사들과 대등하게 싸우기 시작했기 때문이었다.

심지어 마신족 병사인 오클립스까지 있는데도 불구하고,

오히려 병사들끼리의 싸움에서는 우세를 보일 정도.

당황한 헤르스는 곧바로 병사 하나의 정보 창을 확인해 보았고, 그 이유를 깨달을 수 있었다.

소환된 차원 병사

직책 : 일반 병사　　　　　진영 : 천군
레벨 : 17　　　　　　　　등급 : 희귀
*전투 능력
공격력 : 750 (강화 등급 : +6)
방어력 : 479 (강화 등급 : +4)
……중략……
*고유 능력(New)
숙련된 방패 막기
–일정 확률로 적의 공격을 방패 막기하여 피해의 일부를 흡수합니다(방패 막기 발동 확률 : 25퍼센트)(흡수 가능한 최대 피해량 : 70퍼센트)
차원의 홀을 통해 소환된 천군 진영의 차원병사입니다.
차원 병사들을 효과적으로 지휘한다면 전장에서 승리를 거둘 수 있을 것입니다.

'역시! 이안이 아무런 조치도 취하지 않았을 리가 없지!'

이전과 비교도 안 될 정도로 강력해진 차원 병사들의 전투력을 확인한 헤르스는 자신도 모르게 두 주먹을 불끈 쥐었다.

'사냥터에서 파밍한 돈을 긁어모아서 군수물자 관리소에 쏟아부었나 보네.'

병사들은 영웅들과 다르다.

전장에서 레벨을 올리는 것이 거의 불가능한 것이다.

물론 경험치를 획득하지 못하는 것은 아니었지만 전장에서 계속 살아남아야 레벨 업이 가능하니 말이다.

때문에 지금 헤르스가 확인한 것처럼 병사의 레벨이 17레벨이나 되려면, 군수물자 관리소에서 병사들을 업그레이드해야만 가능했다.

차원코인을 때려 박아 병사들의 전투력을 업그레이드하면, 소환되는 시점부터 10레벨보다 더 높은 레벨을 가지게 되니 말이다.

게다가 이안이 업그레이드한 차원병사의 스펙은 레벨뿐만이 아니었다.

'와 씨, 공격력 +6강에, 방어력 +4강? 거기다가 고유 능력까지 달아 놨네?'

막대한 비용을 들여야만 업그레이드가 가능한, 전투 능력과 고유 능력까지 강화되어 있었던 것이다.

비용이 얼마인지 정확히 기억이 나지는 않지만, 수만 단위의 코인이 들어갔을 것만큼은 분명한 사실.

뒤늦게 그것을 확인한 레비아도, 입을 쩍 벌리며 감탄하였다.

"대체 어디서 돈을 긁어모아서 이만큼 업그레이드를……."

그리고 그것으로, 궁지에 몰릴 대로 몰려 있던 천군 진영의 전선에도 한 줄기 숨통이 트일 수 있었다.

"힐! 홀리 실드!"

"리커버리 필드!"

레비아가 강력한 광역 힐과 실드를 펼치며 병사들을 서포팅하기 시작하자, 마족 영웅들이 활약함에도 불구하고 다시 전장이 팽팽한 구도로 돌아온 것이다.

"크윽, 대체 이게 무슨……!"

"병사들이 갑자기 강해졌어!"

당황한 마족 영웅들은 안간힘을 쓰며 타워를 향해 돌진하였다.

내구도가 바닥까지 떨어진 천군 진영의 방어 타워들을 어떻게든 부수려는 것이었다.

타워 하나조차 부수지 못한다면, 지금까지의 노력이 거의 수포로 돌아가니 말이다.

"크아앗!"

그리고 그 결과, 마족 영웅들은 결국 하나의 타워를 파괴할 수 있었다.

하지만…….

콰아앙─!

─천군 진영의 1차 방어 타워(A)가 파괴되었습니다.

─마군 진영의 영웅들에게 각각 1,000차원코인이 지급됩니다.

그 대가로 하나의 킬 포인트를 내어 줘야만 했다.

─팀원 '헤르스'가 마군 진영의 영웅 '파르시온'을 성공적으로 처치하였습니다.

─킬 포인트를 올린 영웅 '헤르스'에게 2,325차원코인이 지급됩니다.

물론 획득한 글로벌 코인을 생각한다면, 타워를 파괴한 쪽이 압도적인 이득이라 할 수 있었다.

마군 진영의 영웅들이 획득한 코인을 전부 합하면, 총 6천 코인이나 되는 것이었으니 말이다.

하지만 그것과 별개로, 전장의 분위기는 이제 천군 진영에 넘어올 수밖에 없었다.

병사들의 전력부터가 역전된 상황에서 마족 영웅 한 명의 빈자리는 결코 작지 않았으니 말이다.

게다가 천군 진영에는 새로운 원군까지 추가로 도착하였다.

위이잉─!

커다란 공명음과 함께, 천군 진영의 한복판에 나타나는 두 구의 그림자!

"이 훈이 님이 오셨으니, 이제 걱정하지 말라고."

"다들 고생했어! 이제 다시 본격적으로 밀어 보자!"

이안과 함께 지하 통로를 공략하던 레미르와 훈이가 텔레포트를 타고 전장에 나타난 것이다.

그리고 그들을 발견한 마족 영웅들의 표정은 적잖이 구겨졌다.

"쳇."

"원군이 왔군."

두 사람이 더해졌다고 해서 압도적으로 밀리거나 하지는

않겠지만, 다 잡았던 승기를 눈앞에서 놓친 것 같은 느낌이
들었기 때문이다.

"상관없어. 다 쓸어 버리자고."

"그래. 대장이 파밍하러 사냥터로 이동했으니, 우리 진영
의 병사들도 곧 강화될 거야."

하지만 마군 진영의 영웅들은 간과한 것이 하나 있었다.

지금 천군 진영에는 이제까지 그들이 한 번도 만난 적 없
는 무서운(?) 존재가 하나 더 있다는 사실을 말이다.

영웅의 협곡에서 벌어지는 모든 경기는 카일란의 공식커
뮤니티에서 시청이 가능하다.

물론 YTBC와 같은 방송 채널을 통해 시청하는 것과 달리
따로 해설자나 캐스터가 있지는 않았지만 말이다.

하지만 그럼에도 불구하고, 방송을 통하지 않고 이곳에서
시청하는 카일란 팬들도 제법 많았다.

옵저버가 보여 주는 화면을 시청해야 하는 TV방송과는 달
리, 공식 커뮤니티의 방송은 원하는 유저의 개인 영상을 마
음대로 전환하며 시청할 수 있도록 되어 있기 때문이었다.

게다가 경기 영상의 바로 옆에는 실시간으로 업데이트되
는 상황판도 함께 떠올라 있었기 때문에, 해설 없이도 전황

을 한눈에 알 수 있다는 장점도 있었다.

바로 이렇게 말이다.

영웅의 협곡 Score Board

'로터스' 길드 순위 결정전

경기 시간 (02 : 13 : 56)

*처치 점수

−천군 진영(로터스) : 1

−마군 진영(AI): 1

*레벨 점수

−천군 진영(로터스)

평균 레벨 : 15	최고 레벨 : 17

−마군 진영 (AI)

평균 레벨 : 16	최고 레벨 : 17

*파괴 점수

−천군 진영 (로터스) : 0

마군 진영 (AI) : 100

……후략……

그리고 이 덕분에, 지금 카일란 공식 커뮤니티의 실시간 채팅 방들에는 온통 순위 결정전과 관련된 이야기뿐이었다.

−와, 이거 순위 결정전 난이도 진짜 헬이네. 이거 일반 유저들도 할 수 있는 콘텐츠 맞음?

−그러니까요. 지금까지 첫 타임 도전 길드들 영상 돌아가면서 계속 시청하는 중인데, 난이도가 진짜 답이 없는 듯……

-어차피 영웅의 협곡이라는 콘텐츠 자체가 랭커들이나 하라고 만들어 놓은 콘텐츠 아닌가요? 일반인들은 용사 계급 달기는커녕 중간계 입성하는 것 조차 사실상 힘든데…….

-뭐 지금이야 그렇지만, 시간이 지나면 어차피 상향평준화될 걸요. 제 생각엔, 반년만 더 지나도 어지간한 상위권 유저들은 전부 영웅의 협곡 하고 있을 것 같아요.

-아니, 백번 양보해서 랭커들을 위한 콘텐츠라고 칩시다. 지금 로터스만 겨우 팽팽하게 버티고 있고, 다른 팀들은 영혼까지 털리고 있어요. 다들 각국 최상위 랭커들일 텐데 말이죠.

-맞습니다. 아마 다들 보셨겠지만, 체이서 길드? 거긴 이미 승리의 평원에 있는 타워 전부 터지고 야영지 함락당하기 직전이던데요.

-뭐, 로터스도 겨우 대등한 상황인데 말 다했죠.

-AI 난이도가 이 수준일 줄이야…….

-그래도 시간 지날수록 공략법이 생기면서 상대적 난이도가 점차 내려가지 않을까요?

-분기마다 한 번씩 맵 재구성한다잖아요. 사람들 적응할 때쯤 되면 신맵으로 바뀔 듯.

-아, 나도 빨리 용사 달고 트라이해 보고 싶다.

-위 님, 용사의 마을 입성은 하신 건가요?

-ㅎㅎ. 사실 그것도 아직……. ㅠㅠ

카일란의 공식 커뮤니티는 국가별로 따로 존재한다.

하지만 한국 서버의 커뮤니티만 틀어 놔도 영웅의 협곡 영상은 전부 시청이 가능했기 때문에, 해외 팀들의 영상을 보는 유저들도 제법 많았다.

물론 시간이 지날수록, 대부분의 시청자들이 로터스 팀의 순위 결정전 영상으로 모여들었지만 말이다.

　–캬, 국뽕에 취한다.
　–그래, 로터스가 못하면 이걸 누가 클리어하냐.

한국 서버의 페이지였기에 당연한 부분이기도 했지만, 결정적인 이유는 결국 하나.

로터스 팀을 제외한 나머지 팀들은, 이미 패색이 짙게 내려앉았기 때문이었다.

마군 진영의 장군이자, 로터스 팀과의 협곡 전장에 참전한 영웅, 무스카.

그는 지금 무척이나 심기가 불편한 상황이었다.

계획대로 흘러가는 듯 보였던 전장의 흐름이 예상치 못했던 시점에서 턱 하고 막혀 버렸으니 말이었다.

심지어는 조금씩이지만, 오히려 마군 진영의 병사들이 밀리기 시작하고 있는 상황.

전장에서 가장 많은 숫자를 차지하는 일반 병사들의 스펙이 압도적으로 차이나다 보니, 발할라의 봉인을 풀었음에도 불구하고 밀릴 수밖에 없는 것이다.

하여 지금 그는 이 상황을 타개하기 위하여, 어디론가 분주하게 움직이고 있었다.

'천군 애송이 놈들, 전장에 안 보이기에 뭐 하고 있나 했더니 군수물자 업그레이드를 위한 사냥을 하고 있었단 말이지?'

전장에 승리하기 위해서는 영웅들 개개인의 능력도 중요하지만, 그보다 더 중요한 것이 바로 전장을 운영하는 것이다.

그리고 코인을 파밍하여 아이템이 아닌 군수물자에 투자한 천군 진영 영웅들의 선택은, 그런 의미에서 훌륭한 판단이라고 할 수 있었다.

'분명 전장에 처음 들어온 애송이들이라 들었는데, 제법이란 말이야.'

하지만 단지 거기까지일 뿐.

무스카는 당황하거나 동요하지 않았다.

지금의 이 상황을 타개할 방법을 그는 잘 알고 있었기 때문이다.

'좋은 판단이긴 했으나, 곧 후회하도록 만들어 주마.'

무스카의 생각은 간단했다.

천군진영의 영웅들이 그동안 파밍한 자원들을 전부 군수

물자 관리소에 쏟아부었으니, 그 관리소를 무용지물로 만들어 버린다면, 전세를 단박에 역전시킬 수 있다고 판단한 것이다.

'후후, 이 전장에서 올인성 배팅은 독이 될 수 있다는 걸 뼈저리게 느끼도록 만들어 주지.'

군수물자 관리소가 파괴되면, 해당 시설을 통해 업그레이드한 모든 능력치들이 원점으로 돌아온다.

물론 그렇다고 해서 아예 투자한 비용이 날아가는 것은 아니다.

관리소를 다시 재건축하여 완성하면, 이전에 업그레이드했던 부분들은 그대로 복구되니 말이었다.

하지만 문제는, 관리소를 다시 짓기까지 걸릴 시간과 비용.

관리소에 어마어마한 비용을 쏟아부은 천군 진영의 입장에서는, 뼈아픈 타격이 될 수밖에 없는 것이다.

파괴된 군수물자 관리소가 다시 지어질 때쯤이면, 이미 전장은 초토화되었을 터.

'마력 폭탄 다섯 개 정도면, 관리소 하나쯤은 날려 버릴 수 있겠지.'

차원 상인으로부터 거금을 들여 구매한 마력 폭탄들을 확인한 무스카는 비릿한 미소를 지으며 지하 통로를 향해 걸어 들어갔다.

─조건이 충족되었습니다.

–특수 아이템, '미로의 증표'를 사용합니다.

–'미로의 지하 통로'에 진입합니다.

그리고 놀랍게도 그 통로는 지금까지 이안이 공략해 온 '미로의 지하 통로'였다.

현재 이안의 레벨은 17이다.

만약 처음 도착했을 때부터 전장을 벗어나지 않았더라면 18~19레벨까지도 충분히 찍었겠지만, 상대적으로 경험치 획득량이 적은 사냥터이기 때문에 어쩔 수 없이 레벨 업이 지체되는 상황이었다.

그래서 지금 이안의 마음은, 조금씩 급해지고 있었다.

물론 차원코인이야 어마어마한 양을 벌었지만, 그것 외에 특별한 콘텐츠를 찾아낸 것은 없었기 때문이었다.

붉고 거대한 마신족의 병사들을 만들어 낸 마족 진영의 영웅들처럼, 이안은 이 지하 통로에서 뭔가 특별한 콘텐츠를 찾아내야만 한다고 생각했다.

'마족 녀석들에게 레벨이 따라잡히기 전까지 뭔가 확실한 이득을 만들어 내야만 해.'

마족 영웅들의 레벨은 알 길이 없었지만, 같은 팀원의 레벨은 실시간으로 알 수 있다.

그리고 전장에 있는 한 레벨 업 속도가 거의 같을 것이기 때문에, 팀원들의 레벨을 통해 마족 영웅들의 레벨을 유추해 볼 수 있었다.

하여 전장에 있는 헤르스와 레비아의 레벨이 높아질수록, 이안은 더욱 분주하게 지하 통로를 뚫고 있었다.

"이놈에 지하 통로는 대체 언제 끝나는 거야?"

한 무리의 골렘과 변이 정령들을 처치한 이안은, 날카로운 눈빛으로 던전을 구석구석 살폈다.

지형지물 사이에 혹시나 특별한 기관장치 같은 것이 있을 수도 있다고 생각했기 때문이었으며, 더해서 10여 분 전에 떠올랐던 한 줄의 의미심장한 메시지 때문이기도 하였다.

─마계의 기운이 느껴지는 땅에 진입하였습니다.

이 메시지대로라면 지금 이안이 위치한 곳은 마계 진영의 지하일 것이고, 언제 통로 안에서 마족 영웅을 만나도 이상할 게 없으니 말이다.

'레비아 님 말에 의하면 전장에 보이지 않는 마족 영웅은 두 놈……. 한 놈은 사망해서 복귀하는 중이라고 하더라도, 나머지 한 놈은 어디에 있을지 모른다는 뜻이지.'

조심스럽고 은밀하게.

하지만 최대한 신속하고 빠르게.

이안은 계속해서 몬스터들을 처치해 나가며, 지하 통로의 더욱 깊숙한 곳을 향해 뚫고 들어갔다.

15레벨이 된 뒤에는 또 하나의 신화 등급 소환수를 전투에 투입했기 때문에, 사냥 속도가 배 이상 빨라진 상황이었다.

"토르, 파괴의 망치질!"

−그어어어.

콰앙−!

−소환수 '토르'가 고유 능력 '파괴의 망치질'을 발동합니다.

−'변이된 바위 골렘'에 치명적인 피해를 입혔습니다!

−'변이된 바위 골렘'의 생명력이 5,324만큼 감소합니다!

−'무생물' 속성을 가진 대상을 공격하였으므로, 추가 피해가 발동합니다.

−'변이된 바위 골렘'의 생명력이 17,994만큼 감소합니다!

−'변이된 바위 골렘'을 처치하셨습니다!

−경험치를 1,080만큼 획득합니다.

−350 차원코인을 획득하였습니다.

이안이 추가로 선택한 소환수는 바로, '파괴의 해골기사' 토르였던 것.

토르의 망치질은 무생물 속성을 가진 골렘류에 강력한 피해를 입힐 수 있었으니, 훈이와 레미르가 함께할 때만큼이나 빠르게 처치할 수 있었던 것이다.

그리고 이안이 토르를 선택한 이유는, 골렘 때문만이 아니었다.

'여기가 마계 진영의 영역이라면, 분명 이 끝은 마군 녀석

들의 진영과 이어질 터.'

건축물 철거의 대명사인 토르를 활용한다면, 마군 진영의 건축물들을 부술 수 있을 것이라 판단한 것이다.

'관리소라든가, 야영지라든가……. 건축물 몇 개만 파괴해도 치명적인 타격을 입힐 수 있겠지.'

마군 야영지에서 망치를 휘두를 토르를 상상한 이안은, 저도 모르게 입꼬리가 말려 올라갔다.

토르의 거대한 망치로 마군 진영 빈집털이 할 생각을 하니, 히죽히죽 웃음이 나오는 것이다.

그리고 그렇게, 한 10여 분 정도의 시간이 더 흘렀을까?

"으음?"

한차례 정비를 마치고 다음 전투를 위해 움직이려던 이안은, 순간 들려온 이질적인 소리에 움직임을 멈출 수밖에 없었다.

깡– 까앙–!

어두운 통로의 깊숙한 안쪽에서 쉼 없이 부대끼는 쇳소리가 흘러나오고 있었던 것이다.

'이건 분명, 병장기 부딪치는 소린데……?'

작아서 귀를 기울여야 알 수 있는 수준이었지만, 분명하게 들려오는 금속음.

그것을 확인한 이안의 머릿속이, 빠르게 회전하기 시작하였다.

"어라, 이안이 갑자기 사냥을 멈추고 멈춰 섰습니다. 이게 무슨 일일까요?"

이안의 활약상 덕에 신이 나서 방송을 하던 BJ 페이온은, 갑자기 사냥을 멈추고 측방으로 빠지는 이안을 보며 의아한 표정이 되었다.

골렘들을 학살하다시피하며 파죽지세로 던전을 뚫고 지나가던 이안이, 갑자기 통로의 한쪽 구석으로 이동하여 몸을 숨겼기 때문이었다.

심지어 엘카릭스의 마법을 이용해, 숨은 지역에 결계까지 생성시킨 것.

"엘, '일루전 하이딩' 부탁해."

"알겠어요, 아빠."

일루전 하이딩은, 특정 반경 내에 결계를 생성하여 해당 공간을 왜곡하는 마법이다.

위험한 지역을 탐험할 때 주로 사용되는 마법사 클래스의 보조 마법으로, 지속 시간 동안 공간 안의 파티원을 숨겨 주는 것.

물론 시각적인 왜곡만이 가능할 뿐 물리적으로 어떤 충격이 가해진다면 바로 깨어지는 결계이기는 했으나, 종종 유용하게 쓰이는 마법이었다.

그리고 이안이 지금 이 마법을 발동시켰다는 것은……

"이안이 갑자기 숨었습니다! 뭘 발견하기라도 한 것일까요?"

시청자의 입장에선 강력한 적이 나타났기 때문이라고, 판단할 수밖에 없는 것이었다.

-뭐지? 던전 보스라도 나타난 건가?
-음, 보스가 나타난 거면 저렇게 숨으면 안 되지 않음? 지금 여기 들어온 게 던전 클리어하려고 들어온 것 같은데…….
-흠, 그것도 그러네. 대체 뭐지?

지금껏 승승장구하며 몬스터들을 쓸고 다녔던 이안이었기에, 더욱 증폭되기 시작하는 시청자들의 궁금증.

그리고 다음 순간, 통로 반대편에서 하나의 그림자가 나타나자, 채팅 창은 다시 불타오르기 시작하였다.

-어, 대박! 저거 마족 영웅인 것 같은데……?
-크으, 나 저거 알아.
-응? 뭘 알아?
-저기 갑옷에 새겨져 있는 황금빛 휘장 보이지?
-ㅇㅇ.
-저게 AI 진영 대장 표식이라고 하더라고.

-헐, 아까 체이서 길드 랭커 둘을 혼자서 박살 낸 그 근육몬?

-맞아 그 영웅이랑 같은 녀석은 아니지만, 똑같이 대장 격인 영웅이니 비슷한 전투력을 가지고 있겠지.

그리고 나타난 그림자의 정체가 완전히 드러나자, 이안의 안티들이 다시 고개를 들기 시작하였다.

유럽 서버의 도전 팀들이 폭삭 망한 뒤로 잠잠해졌던 그들이, 다시 목소리를 높이기 시작한 것이다.

-이제 이안도 매운 맛 좀 보겠구나.

-지금까지 요리조리 피해 다니면서 사냥만 했으니, 여기까지 버틸 수 있었던 거지. 로터스도 체이서나 파블로프처럼 초반에 공격적으로 운용했으면 이미 영혼까지 탈탈 털렸을 듯.

-맞음. 로터스가 아직까지 버티고 있는 건, 파밍이랑 타워 허깅으로 구차하게 시간이나 끌고 있기 때문이지.

-어휴, 이것들은 유럽 팀들 박살난 지가 언젠데 아직도 버로우 안 했네.

하지만 점점 더 마족 영웅과 이안의 거리가 가까워지자, 쉼 없이 올라오던 채팅 창은 조용해지기 시작하였다.

당장 두 영웅의 전투가 시작되어도 이상할 것 없는 일촉즉발의 상황이었으며, 방송을 시청 중인 모든 카일란 팬들은 그 전투가 어떻게 될 것인지 궁금할 수밖에 없었으니 말이다.

그러나 잠시 후.

−어? 이게 대체 무슨 상황이지?
−뭐야? 정말 이렇게 끝?

둘의 전투를 기다리던 시청자들의 채팅 창에는 어이없다
는 듯한 채팅들이 연달아 올라오기 시작하였다.

적 영웅을 먼저 알아챈 이안에게, 선택지는 사실 두 가지
정도가 있었다.
기습하여 녀석을 처치하고 킬 포인트를 따내는 것과 숨어
서 녀석이 지나갈 때까지 기다리는 것.
그런데 이안이 선택한 선택지는 후자였고, 그것은 결코 마
족 영웅을 처치할 자신이 없어서는 아니었다.
이안이 마족 영웅 '무스카'를 보내 준 데에는, 당연히 그만
한 이유가 있었으니 말이다.
'후후, 그래, 잘 가라, 친구. 먹음직스럽긴 하지만, 한 번
보내 준다.'
일루전 하이딩으로 인해 왜곡된 지하 통로 측면의 석벽.
그 안에 숨어든 이안과 아무것도 모른 채 그 앞을 유유히

지나가는 무스카.

이안이 그와의 전투를 피한 이유는 사실 간단했다.

녀석과 싸우는 순간 지하 통로에 있는 자신의 존재가 드러날 것이고, 그렇게 되면 다른 마족 영웅들이 후방 기지를 지키기 위해 움직일 것이기 때문이었다.

아무리 이안이라 하더라도 마족 영웅들이 본진을 지키기 위해 몰려오면, 제대로 된 타격을 입히는 것은 불가능할 것이고 말이다.

'저 녀석을 기습해서 킬 포인트를 올린다면, 충분히 많은 보상을 얻을 수 있겠지만, 적진 한복판을 초토화시키는 게 훨씬 더 매력적인 선택지니까.'

더해서 이안은, 무스카를 살려 둘 생각도 아니었다.

그가 이 지하 통로에 들어왔다는 걸 확인한 순간, 이미 녀석의 꿍꿍이를 파악할 수 있었다.

'분명히 우리 진영의 군수물자 보급소를 노리는 거겠지. 우리가 거기에 돈을 쏟아부었다는 걸 알아챘을 테니 말이야.'

녀석은 이안의 존재를 모르지만, 이안은 녀석이 뭘 하려는지까지도 짐작하고 있는 상황.

이 상황에서 이안이 해야 할 일은, 정해져 있다고 할 수 있었다.

—이안 : 유신, 훈이. 지금부터 내가 하는 말 잘 들어.

-유신 : 음? 뭐라도 찾은 거야?

 -훈이 : 오, 이안 형, 통로 끝까지 뚫었어?

 -이안 : 그런 건 아닌데, 한 가지 정보를 입수했어.

 -유신 : 그게 뭔데?

 -이안 : 지금 마족 진영 대장 영웅이 이 통로를 통해서 우리 진영 쪽
으로 움직이고 있어.

 -훈이 : 뭐?

 -이안 : 아마 통로 안에 몬스터들이 다시 젠 되서 금방 도착하진 못하
겠지만, 앞으로 20분 안에는 녀석이 우리 군수물자 관리소에 도착할 거야.

 -유신 : 부수려고 하겠군.

 -이안 : 바로 그거지.

 대인전에 가장 강력한 멤버인 유신과 그를 서포팅해 줄 훈
이가 함께 대기한다면, 아무리 마족 진영의 대장 격 영웅이
라 하더라도 속수무책으로 당할 수밖에 없을 터.

 이안이 생각한 것은 바로 이것이었다.

 '후후, 킬 포인트를 굳이 내가 올릴 이유 없잖아? 돈도 많
은데.'

 특히 계속해서 전방에만 있어 거지(?)에 가까운 유신이 킬
포인트를 올리고 차원코인을 가져간다면, 그것이 가장 이상
적인 상황이 될 터.

 그동안 보급소 건물 한두 개만 터뜨릴 수 있다면, 전세는

완벽히 기울어질 것이었다.

"자, 이제 충분히 멀어진 것 같으니 슬슬 이동해 볼까?"

낮은 목소리로 중얼거린 이안은 결계를 해제하고 빠르게 이동하기 시작하였다.

정황상 통로의 출구까지는 이제 얼마 남지 않았을 터.

하여 이안은, 길을 막는 몬스터들을 사냥하는 것도 최소화 하며 최대한 빨리 던전의 끝을 향해 내달렸다.

그리고 그 결과…….

띠링-!

-'미로의 숲' 마군 진영 방면 출구를 발견하셨습니다.

-출구를 통과하면 마군 진영에 들어서게 됩니다.

-위험할 수 있는 지역입니다.

-바깥으로 나가시겠습니까?(Y/N)

통로에 들어선지 거의 1시간 만에, 이안은 기다렸던 메시지를 확인할 수 있게 되었다.

이안은 긴장했다.

적의 허점을 찌를 수 있는 최상의 기회가 온 것은 맞았지만, 그렇다고 해도 이곳은 마족 진영의 한복판이기 때문이었다.

해서 이안은, 곧바로 문을 열고 나가는 대신, 변수를 조금

이라도 줄이기 위해 꼼꼼히 정보들을 확인하기 시작하였다.

　-이안 : 레비아 님, 지금 전장에 마족 영웅 몇 있는 거죠?
　-레비아 : 네 명, 아니, 다섯이오. 아까 헤르스 님이 처치했던 녀석이
방금 복귀했네요.
　-이안 : 오케이, 알겠습니다.

　혹시나 마군 진영의 영웅들이 자신의 존재를 알아챌 수도
있다 생각하여, 마지막까지 녀석들의 소재를 파악한 뒤……
　'흐음, 우선 군수물자 관리소를 터뜨리고, 바로 야영지에
있는 차원 상점부터 부숴야겠어.'
　미니 맵을 열어 이동할 동선을 미리 짠 것이다.
　당연히 이안의 미니 맵에 마족 진영의 구조가 보이는 것은
아니었다.
　다만 전체적으로 대칭 구조를 이루고 있는 협곡의 특성을
활용하여, 마군 진영 건물들의 위치를 짐작한 것이다.
　그리고 머릿속으로, 상황에 대한 시뮬레이션도 꼼꼼히 재
생시켜 보았다.
　'마족 영웅 중에도 마법사 클래스가 있으니, 침입자가 있
다는 정보를 입수한 순간 곧바로 텔레포트로 날아오겠지. 녀
석들이 내 존재를 파악하는 건, 첫 번째 건물이 부서졌을 직
후가 되겠고 말이야.'

진영에 적이 잠입한다고 해서, 영웅들이 그것을 알 수 있는 방법은 없다.

미니 맵상에 적들의 위치는, 전혀 표시되지 않으니 말이다.

하지만 건물이 부서진다면, 그 순간 영웅들 전원에게 시스템 메시지가 떠오르게 된다.

조금 전 천군 진영의 타워 하나가 파괴되었을 때처럼 말이다.

'좋아, 그럼 이제 슬슬 움직여 볼까?'

끼이익-!

마계 진영의 통로를 과감히 오픈한 이안은, 재빨리 소환수들을 데리고 그곳을 빠져나왔다.

이어서 바로 옆에 지어져 있는 커다란 건축물이 눈에 들어오자, 이안의 입가에 음흉한 미소가 걸렸다.

역시나 천군진영과 마찬가지로, 통로의 바로 옆에 군수물자 관리소가 있었으니 말이다.

이안은 망설임 없이 토르를 향해 명령을 내렸다.

"토르!"

-그륵- 그르륵?

"철거 작업 시작해!"

-그르륵!

이안의 명령에 기분이 좋은 것인지, 커다란 턱을 딱딱거리며 망치를 높게 치켜드는 토르.

'파괴의 해골기사'라는 본래의 이름답게, 토르가 가장 좋아하는 것은 뭔가를 부수는 일이었다.

쿵-!

-소환수 '토르'가 고유 능력 '파괴의 망치질'을 발동합니다.

-마군 진영의 건축물 '군수물자 관리소'에 치명적인 피해를 입혔습니다!

-'군수물자 관리소'의 내구도가 6,199만큼 감소합니다!

-'무생물' 속성을 가진 대상을 공격하였으므로, 추가 피해가 발동합니다.

-'군수물자 관리소'의 내구도가 19,001만큼 감소합니다.

쾅-!

-'무생물' 속성을 가진 대상을 공격하였으므로, 추가 피해가 발동합니다.

-'군수물자 관리소'의 내구도가 18,919만큼 감소합니다.

-'군수물자 관리소'의 내구도가 19,026만큼 감소합니다.

······후략······

마치 해변에 지어 놓은 모래성처럼 토르의 망치질이 이어질 때마다 힘없이 부서져 나가는 군수물자 관리소.

그 사이 이안은 마군 진영의 야영지를 찾기 위해 까망이를 타고 정찰을 시작하였고, 금방 다음 타깃을 발견할 수 있었다.

'좋아. 이 속도라면 마군 녀석들의 지원이 오기 전까지 건

물 세 개 정돈 박살 낼 수 있겠어.'

이안은 마군 진영 NPC들의 눈을 피해, 몰래 야영지 안쪽으로 숨어들었다.

그리고 다음 메시지가 떠오른 순간.

─마군 진영의 '군수물자 관리소'를 성공적으로 파괴하셨습니다!

─경험치를 5,270만큼 획득합니다.

─천군 진영의 영웅들에게, 각각 1,500차원코인이 지급됩니다.

─건축물 파괴를 성공한 유저 '이안'에게 추가로 500차원코인이 지급됩니다.

"공간 왜곡!"

야영지의 차원 상점 바로 뒤편에 숨어 있던 이안은 그대로 공간 왜곡을 시전하였다.

토르와 이안 자신의 위치를 바꿔, 곧바로 다음 철거 작업을 시작한 것이다.

이것은 이동속도가 느린 토르의 단점을 극복하기 위한 이안의 잔머리라고 할 수 있었다.

위이잉─!

그리고 그것으로, 마군 진영의 악몽이 시작되었다.

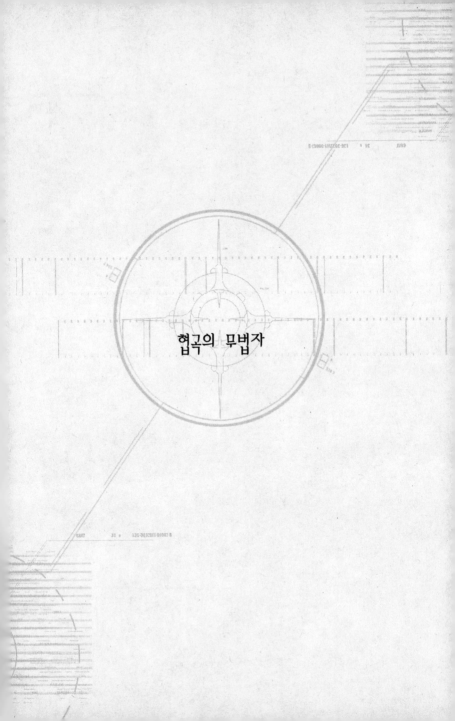

협곡의 무법자

Taming
Master

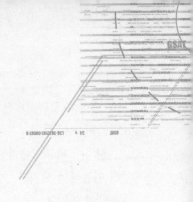

　-마군 진영의 '군수물자 관리소' 건물이 파괴되었습니다.

　-천군 진영의 영웅들에게 각각 1,500차원코인이 지급됩니다.

　한창 전장에서 분주히 움직이던 마군 영웅들의 눈앞에 뜬
금없이 떠오른 두 줄의 시스템 메시지.

　"⋯⋯?"

　"이게 무슨 일이야?"

　"뭐? 관리소가 파괴됐다고?"

　그것은 마군 영웅들의 두 눈을 의심케 하는 메시지였고,
때문에 그들은 혼란에 빠질 수밖에 없었다.

　"아니, 천군 진영 관리소가 파괴된 게 아니라 우리 진영이
파괴됐다는 거야, 지금?"

"관리소 털러 간 건 우리 대장인데, 왜 우리 쪽 관리소가 파괴된 거야?"

진영이 파괴당했다는 메시지가 떴으면 곧바로 방어를 위해 이동해야 했지만, 마군 진영의 영웅들은 잠시 우왕좌왕할 수밖에 없었다.

첫째로 너무 비현실적인(?) 상황인 데다, 결정적으로 전반적인 전략을 통솔하는 대장 무스카가 자리에 없었기 때문이다.

하여 그들은, 황급히 그들의 대장에게 연락을 넣기로 결정했다.

"어떻게 된 일인지 알아봐야겠어. 대장에게 메시지를 보내 봐."

그러나 그들은, 다음 순간 또 한 번 좌절에 빠질 수밖에 없었다.

─팀원 '무스카'가 천군 진영의 영웅 '유신'으로부터 치명적인 피해를 입었습니다.

─팀원 '무스카'가 사망하였습니다.

─현재까지 킬 스코어 ─ 천군 2 : 마군 1

마치 짜 맞추기라도 한 듯, 연이어 믿을 수 없는 메시지가 떠올랐기 때문이었다.

"대체 어떻게 된 일이야, 이게?"

"어쩐지 천군 녀석들, 조금 전부터 세 놈밖에 보이지 않더라니…….”

“녀석들이 어떻게 대장이 지하 통로로 잠입한 걸 알아챈 거야?”

“안 되겠어. 일단 야영지 쪽으로 돌아가서 어떻게 된 일인지 확인해야겠어.”

“로나르, 매스 텔레포트 준비해. 같이 움직이자.”

“알겠어, 파르시온.”

갑자기 떠오른 충격적인 메시지들로 인해 마족 영웅들은 그야말로 패닉 상태에 빠져 버렸다.

순식간에 가장 중요한 건축물을 파괴당한 데다 가장 핵심이 되는 영웅까지 하나 잃어버렸으니, 사실 침착함을 유지한다는 것이 오히려 이상한 상황이라 할 수 있는 것이다.

“우리 금방 다녀올 테니까, 셋이서 일단 버티고 있어 봐.”

“어차피 저쪽도 셋이잖아. 여긴 걱정 말고 다녀와.”

“아냐, 방금 대장이 처치당했으니 두 놈은 다시 돌아오겠지.”

“후우, 알겠어.”

마군 진영의 유일한 마법사 클래스의 영웅 로나르는, 대장인 무스카가 부재할 시 오더를 담당하는 역할을 하고 있었다.

여섯 명의 마족 영웅들 중 가장 이성적이고 냉철한 성격을 가진 것이 바로 그였으니 말이다.

하지만 유일하게 이성의 끈을 잡고 있던 그 또한 다음 메시지가 이어지는 순간 식은땀이 흐르는 것을 느낄 수밖에 없었다.

─마군 진영의 '차원 상점(야영지)' 건물이 파괴되었습니다.

─천군 진영의 영웅들에게 각각 700차원코인이 지급됩니다.

마군 진영 내에 자연재해(?)가 일어나기라도 한 것인지, 믿을 수 없는 속도로 두 번째 건물이 붕괴되고 있었던 것이다.

"나이스, 타이밍 좋고!"

두 번째 건물까지 성공적으로 철거해 낸 이안은, 눈앞에 떠오른 메시지들을 확인하고는 두 눈을 반짝였다.

마군 진영의 영웅, 무스카를 처치했다는 시스템 메시지.

유신이 킬 포인트를 올린 것으로 보아 녀석은 지하 통로에서 만났던 영웅이 분명했다.

그렇다는 것은 아군 진영의 안전이 확보되었다는 말과 일맥상통하기 때문이었다.

게다가 녀석이 처치되었다는 메시지로 인해, 마군 진영은 더욱 혼란에 빠졌을 것이고 말이다.

'크흐흐, 지금쯤 패닉이 왔겠지. AI가 아니라 유저들이었다면, 더 크게 멘탈이 터졌을 텐데 아쉽네.'

음흉한 미소를 지은 이안은, 빠르게 마군 진영의 야영지를 스캔하였다.

아직 영웅들은 도착하지 않았지만, 야영지를 지나 전방으로 움직이던 병사들이 이안을 발견하여 달려들고 있었다.

"기습이다! 침입자를 처단하라!"

"감히 단신으로 야영지까지 들어오다니! 간덩이가 부은 놈이로구나!"

천군과 마군 진영의 야영지가 위치한 곳은 모두 진영의 정중앙이다.

때문에 전장의 중심을 최단거리로 잇는 C 보급로가 야영지를 관통하여 지나가도록 되어 있었고, B 보급로와 D 보급로가 양쪽을 지나고 있었다.

하여 지금 이안을 향해 달려드는 차원병사들은 총 세 곳의 보급로를 통해 전장으로 이동하고 있던 열다섯 정도의 병사들.

이안은 머리를 굴려 어떻게 움직여야 할지 계산을 두들기기 시작하였다.

'관리소도 부서진 마당에, 업그레이드 초기화된 병사들 잡는 거야 어렵지 않은데……. 이 녀석들이랑 싸우다 보면 영웅들이 나타나겠지.'

마군 진영 영웅들이 생각이 있다면, 적어도 홀로 이곳에 나타나지는 않을 것이었다.

여럿이 몰려와 최대한 빨리 상황을 수습한 뒤 다시 복귀하는 것이 현명한 처신이니 말이다.

혼자 나타났다가 역으로 당하기라도 한다면, 상황은 더욱 악화되는 것이다.

'무시하고 건물 철거에 올인한다고 해도 한 개 정도 더 부수는 게 고작이겠지.'

물론 세 개나 되는 건물을 터뜨리고 사망한다면, 그것은 아주 훌륭한 성과라고 할 수 있었다.

하지만 이안은 더 큰 그림을 그리고 싶었다.

'차라리 지금은 빠지자. 건물 하나 덜 부순다고 해도, 내가 살아남아서 계속 후방을 위협하는 게 훨씬 더 상대하기 까다로울 테니 말이야.'

생각을 정리한 이안은, 망설임 없이 움직이기 시작하였다.

괜히 우물쭈물하다가는 죽도 밥도 되지 않는 최악의 상황이 만들어질 수 있으니 말이었다.

타탓-!

그리고 이 적진 한복판에서 깔끔하게 빠져나가기 위해, 일단 토르를 이용하기로 했다.

"토르, 저기 '생명의 샘'을 철거해!"

그륵- 그르륵-!

이안의 오더가 떨어지자마자, 토르는 육중한 거구를 움직이며 마군 진영 야영지의 '생명의 샘'을 향해 망치를 치켜들었다.

생명의 샘은 주변에 머무는 모든 아군의 생명력을 초당 10퍼센트만큼이나 회복시켜 주는 고급 시설물이다.

즉 적들로부터 야영지를 방어할 때 가장 큰 역할을 하는 건물인 것이다.

마군의 입장에서는, 잃어서는 안 되는 가장 중요한 방어시설 중 하나인 것이다.

"미친! 저 해골을 막아!"

"생명의 샘이 부서져서는 안 돼!"

때문에 이안을 향해 달려오던 마군 병사들은 곧바로 방향을 선회하여 토르를 향해 내달릴 수밖에 없었고…….

쿠웅—!

토르의 망치가 한차례 떨어져 내리자, 그들의 표정은 아예 사색이 되어 버렸다.

"지켜! 지키라고!"

"이 해골바가지를 공격해!"

그리고 모든 마군 병사들의 어그로가 토르에게 몰린 사이…….

"까망이, 어둠의 날개!"

푸르릉—!

어느새 까망이의 등에 오른 이안은, 그 누구의 방해도 없이 유유히 야영지를 빠져나갈 수 있었다.

아주 깔끔하게 말이다.

'후후, 역시 병사들의 AI가 확연히 떨어지는군.'

그렇다면 이안은, 전장에 홀로 남겨진 토르를 제물로 버린 것일까?

당연히 그것은 아니었다.

이안의 입장에서는 그저…….

"토르, 소환 해제."

토르의 생명력이 다 떨어지기 전에, 소환을 해제해 버리면 그만인 일이었으니 말이다.

"깔끔하군, 깔끔해."

이어서 완벽히 야영지를 벗어나 숲속으로 몸을 숨긴 이안은, 만족스런 미소를 지으며 고개를 끄덕였다.

소환 해제한 토르는 재소환 대기 시간 때문에 당분간 소환할 수 없겠지만, 어차피 그동안 할 일이 없는 것도 아니었으니 상관없었다.

'마군 진영의 파밍 존들을 싹 다 털어먹어야겠어. 뭐, 어차피 숨어서 사냥이나 하다 보면, 재소환 대기 시간이야 금방 돌아오겠지.'

이안이 지금 마군 쪽의 진영에 숨어 있다는 사실 하나만으로, 마군 영웅들은 머리카락이 다 빠질 정도로 스트레스를 받을 수밖에 없을 것이다.

하지만 그 고통을 피할 수 있는 방법은 딱히 없다고 봐도 무방했다.

물론 마군 영웅들 전원이 마음먹고 수색한다면 이안을 찾아낼 수야 있겠지만, 그 사이 최전방은 싸그리 밀려 버리고 말 것이다.

군수물자 보급소가 터져 나간 지금, 한동안 천군 진영과 마군 진영 병사들의 전투력 갭을 매울 수 있는 방법이 사라져 버렸으니까.

'어디 보자, 내가 터뜨린 건축물이 보급소랑 차원 상점이니까……'

머리를 굴리던 이안이, 히죽히죽 웃으며 중얼거렸다.

"다음 타깃은 정해졌군."

뭔가 마군 진영을 더욱 괴롭혀 줄 방법을 찾아낸 것인지, 이안의 입가에는 음흉한 미소가 어려 있었다.

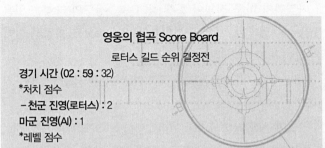

영웅의 협곡 Score Board
로터스 길드 순위 결정전

경기 시간 (02 : 59 : 32)
*처치 점수
- 천군 진영(로터스) : 2
마군 진영(AI) : 1
*레벨 점수

```
 -천군 진영(로터스)
 평균 레벨 : 19                          최고 레벨 : 19
 -마군 진영(AI)
 평균 레벨 : 19                          최고 레벨 : 20
 *파괴 점수
 -천군 진영 (로터스) : 500
 마군 진영 (AI) : 100
 ……후략……
```

로터스 길드의 순위 결정전이 시작된 지 3시간이 되어 가는 지금 이 시점.

두 시간이 넘도록 팽팽하게 이어지던 두 진영 간의 균형에, 드디어 조금씩 금이 가기 시작하였다.

단지 상황판에 떠 있는 스코어 차이만으로는 아직까지도 팽팽한 것이라고 평가할 수 있을지 모르겠지만, 적어도 계속해서 경기를 지켜보던 유저들이 체감하는 것은 전혀 그렇지 않았다.

아직까지 마군 진영이 회생 불가능할 정도의 타격을 입은 것은 아니었지만, 경기의 분위기가 천군 쪽으로 확실히 넘어온 것이 느껴졌기 때문이었다.

ㅡ아니, 지금 이안이 사냥하는 곳이 마군 진영의 사냥터가 맞는 건가요?

ㅡ뒤늦게 시청하시는 분들을 위해서 다시 한 번 설명드리자면, 저긴 본진에 있는 사냥터가 아니라 마군 진영 한복판에 있는 사냥터입니다.

-그렇습니다. 비록 이안과 그의 소환수들은 본인 집 앞마당처럼 거리낌 없이 뛰어놀고 있지만, 여긴 마군 진영의 사냥터거든요.

-정말 마군 영웅들의 입장에서는 미칠 노릇이겠습니다. 최전방에서 천군 병력들을 상대로 검을 휘두르면서도, 뒤통수가 계속 근질거리겠어요.

-그렇죠. 언제 이안이 진영에 나타나 난동을 부릴지 모를 노릇이니, 항시 텔레포트 대기를 해야 하는 상황인 거죠.

적잖이 흥분한 것인지, 침을 튀어가며 해설에 열을 올리는 하인스와 루시아.

소파에 반쯤 누워 그들의 해설을 지켜보던 나지찬은, 고개를 절레절레 저으며 작은 목소리로 중얼거렸다.

"아니지, 아니야. 거기까지밖에 보지 못하다니, 하인스 실망인걸."

TV에 빨려 들어가기라도 할 듯, 몇 시간째 엉덩이를 붙인 채 전장에 몰입하고 있는 나지찬.

그는 지금 마치 이안과 동화되기라도 한 듯, 머릿속으로 끊임없이 이안의 움직임을 분석하며 그의 전략을 유추해 보고 있었다.

'이안, 저 녀석은 머릿속이 어떻게 생겼는지 한번 열어 보고 싶을 정도라니까.'

지금 이안은, 마군 진영의 사냥터들을 계속해서 옮겨 다니며 사냥에 열을 올리는 중이었다.

하나의 사냥터에 자리 잡고 계속해서 파밍하는 것이 더 효율이 좋음에도 불구하고, 마군 진영 전체를 이 잡듯 뒤지고 있는 것이다.

하인스와 루시아는 단지 이안이 마군 영웅들을 농락하고 있는 것이라 해설하였지만, 나지찬의 생각은 달랐다.

'이안은 지금, 마군 녀석들의 밥줄을 완전히 끊어 놓으려는 거야.'

지금 마족 영웅들은 최전방에 묶여 힘겹게 싸움을 이어 가고 있었다.

다섯 명의 영웅이 한 명이라도 자리를 비우는 순간 천군 진영에 밀리게 될 테니, 어디로도 움직이지를 못하고 있는 것이다.

하지만 언제까지 마군 진영에서 그런 소모전을 하지는 않을 것이었다.

최전방에서는 경험치를 수급할 수 있을지 몰라도 차원코인 수급이 불가능하였고, 부서진 건설물들을 복구하고 병사들의 스펙을 올리려면 필연적으로 사냥을 다시 해야 할 테니 말이었다.

아마 그들은, 사망한 '무스카'가 부활하기를 기다리고 있을 터.

'마군 진영의 사냥터 맵을 전부 다 밝혀 놓은 다음 돌아다니면서 녀석들의 코인 수급을 완전히 차단해 버리려는 거

겠지.'

마군 진영에서 파밍을 위해 움직일 수 있는 병력은 끽해야 한두 명 정도이다.

그리고 미리 맵을 전부 숙지해 놓는다면, 녀석들의 이동 경로를 대략적으로 파악하는 것이 가능할 터.

직접 그들을 공격하든, 야영지의 건설물들을 공격해서 어 그로를 끌든 이안은 그들이 정상적인 파밍을 할 수 없도록, 끊임없이 괴롭히기 위한 그림을 그리고 있는 것이었다.

'맵을 밝히다가 마군 진영의 히든피스라도 찾아낸다면 더 큰 이득을 볼 수도 있겠고…….'

그런데 그 순간, 이런저런 생각을 하며 이안의 움직임을 주시하던 나지찬의 두 눈이 조금씩 확대되기 시작하였다.

"어……?"

지금 YTBC의 방송은 이안 중심으로 계속해서 중계되고 있었으니 나지찬이 보고 있던 화면은 곧 이안의 시야였고, 그 시야에 뭔가 특별한 존재가 포착된 것이다.

"저건, 고블린 보부상?"

그리고 그 정체를 완벽히 확인한 나지찬은 자신도 모르게 허탈한 웃음을 내뱉었다.

"허허. 끝났네, 끝났어."

이안의 눈앞에 나타난 '고블린 보부상'이라는 특별한 NPC.

비록 그가 나지찬이 떠올렸던 '히든피스'는 아니었지만, 지금 이안에게는 어쩌면 어지간한 히든피스보다 더 큰 시너지를 낼 수 있는 존재였으니 말이었다.

자그마한 몸집에, 비교적 커다란 머리.

길쭉한 귀에 얄팍한 외모를 가진 고블린 한 마리가, 황금빛으로 빛나는 봇짐을 둘러멘 채 숲속에서 불쑥 튀어나왔다.

푸스럭-!

그리고 녀석의 작은 그림자를 발견한 이안은, 의아한 표정이 되었다.

'어, 저건 뭐지?'

한눈에 보기에도 평범한 몬스터와는 확연히 다른 외형을 가진 특별한 존재.

이안은 녀석을 향해 조심스레 다가가기 시작하였다.

'혹시, 특별한 아이템을 드롭하는 희귀 몬스터인가?'

화염시를 소환하여 시위를 당긴 이안은, 야금야금 녀석을 향해 접근하였다.

만약 녀석이 도망갈 기미가 보이면, 곧 바로 불화살을 날리기 위해서였다.

하지만 잠시 후, 녀석의 정보 창을 확인한 이안은 소환했던 화염시를 그대로 해제하였다.

그리고 섣불리 활시위를 당기지 않은 자신을 칭찬하며 가슴을 쓸어내렸다.

'휴우, 큰일 날 뻔했네.'

이어서 정보 창을 확인한 이안의 두 눈은, 흥미롭게 반짝이기 시작하였다.

고블린 보부상

분류 : NPC　　　　　　　　　**등급 : 희귀**

영웅의 협곡을 떠돌아다니는 작은 고블린으로, 여러 가지 희귀한 물건을 취급하는 보부상이다.

자신의 몸집보다 커다란 녀석의 황금 보따리에는, 쉽게 구할 수 없는 희귀한 아이템들이 많이 들어 있다고 알려져 있다.

하지만 워낙 값비싼 장비만을 취급하는 상인이기에, 그에게 아이템을 구입하기 위해서는 제법 많은 차원코인이 필요할 것이다.

*보부상을 공격할 시, 해당 전투가 끝날 때까지 그에게서 아이템을 구입할 수 없습니다.

*보부상을 처치할 시, 그가 가지고 있는 장비들 중 하나를 랜덤으로 획득할 수 있습니다.

*고블린 보부상은 5분마다 한 번씩 랜덤한 위치에 모습을 드러내며, 5분이 지나지 않았더라도 그에게 아이템을 구입하는 순간 다른 장소로 이동합니다.

정보 창을 전부 읽은 이안은, 속으로 쾌재를 부를 수밖에 없었다.

'이런 꿈 같은 콘텐츠가 있었을 줄이야……. 오늘은 운도

터지는 날이군.'

사실 고블린 보부상은, 이 영웅의 협곡에서 그렇게까지 희귀한 존재는 아니었다.

보통 한 경기가 끝날 때까지 적어도 두세 번, 많으면 너댓 번까지도 등장하는 녀석이었으니 말이었다.

다만 로터스 팀에서는 현재 맵을 휘젓고 다니는 인물이 거의 이안 혼자였으니, 이안의 눈앞에 나타난 것일 뿐.

하지만 그럼에도 불구하고, 이안의 운이 좋은 것은 사실이었다.

이 고블린 보부상이 등장한 타이밍이 그야말로 예술이었으니 말이다.

'계속 쌓이는 차원코인을 어떻게 할 방법이 없었는데, 이렇게 돈 쓸 구멍을 만들어 주면 아주 땡큐지.'

영웅의 협곡에서 영웅들은 서로 코인을 교환하거나 주는 것이 불가능하다.

물론 귀속 아이템이 아닌 물건에 한해 대신 구매하여 주는 정도는 가능했지만, 어쨌든 코인 자체는 계정에 귀속되는 재화였으니 말이다.

그래서 지금 이안의 코인은, 두 시간이 다 되어 가도록 쌓이기만 하고 있었다.

천군 진영의 군수물자 보급소를 업그레이드할 때에도, 전부 레미르와 훈이의 돈으로만 업그레이드를 했으니 말이었다.

이안은 지하 통로에 들어선 이후, 단 한 번도 본진에 돌아
간 적이 없었으니까.

'자, 지금까지 모인 코인이 거의 9만 코인인데……. 이걸
로 과연 뭘 살 수 있으려나?'

생각지도 못했던 쇼핑 타임에 기분이 좋아진 이안은, 히죽
히죽 웃으며 고블린을 향해 다가갔다.

이어서 이안을 발견한 고블린 보부상은, 커다란 눈을 깜빡
이며 고개를 갸웃하였다.

"키잉, 내가 좌표를 잘못 찍은 건가?"

의미를 알 수 없는 고블린의 중얼거림에, 이안이 반문하
였다.

"그게 무슨 말이야, 친구. 넌 좌표를 아주 정확하게 잘 찾
아왔다고."

고블린은 계속해서 고개를 갸우뚱거리며 말을 이었다.

"키힝? 아닌데, 그럴 리가 없는데. 난 분명히 마족 진영으
로 좌표를 찍고 왔는데……."

녀석의 말을 들은 이안은, 그의 중얼거림의 의미를 깨닫고
는 피식 웃었다.

"여긴 마족 진영이 맞아, 친구."

"그, 그래? 그런데 넌 분명 천군 진영의 용사인 것 같은
데……."

"그것도 맞아. 난 마족 진영으로 잠깐 놀러(?)온 천군 진영의 영웅이니까."

고블린 보부상은 이안을 신기한 눈으로 쳐다보았다.

그가 생각하기에 지금 이 시점에 이안이 이곳에 있는 것은, 무척이나 신기한 일이었다.

"아직 마군 진영 최전방 타워는 전부 건재하던데, 대체 어떻게 여기까지 온 거지?"

하지만 이안은 녀석의 질문에 계속해서 대답해 줄 생각이 없었다.

지금 그에겐, 한가하게 고블린과 대화할 시간 따위는 없었으니 말이다.

"그건 너무 복잡해서 지금 설명해 주기 힘들고……."

"키힝."

"얼른 나한테 물건이나 팔아 줬으면 좋겠어, 친구. 내가 지금 갈 길이 바빠서 말이야."

이안의 이야기를 들은 고블린은 두 눈을 반짝이기 시작하였다.

그가 가장 좋아하는 것이 바로 차원코인이었고, 이안의 말은 지금 차원코인으로 자신의 물건들을 사겠다는 말이었으니 말이다.

"정말? 내 물건들을 사 줄 거야?"

"그럼그럼. 빨리 좀 보여 줘 봐."

"내 물건들은 귀한 것들이라, 한두 푼으로는 살 수 없을 텐데?"

"시끄럽고, 빨리 좌판이나 깔아 봐. 나 돈 많으니까."

"키힝? 너 너무 멋지다. 내 스타일이야."

결국 잠깐 동안의 실랑이(?) 끝에, 고블린은 황금보따리를 풀어 하나둘 물건을 꺼내기 시작하였다.

그리고 이안은 녀석이 꺼내 놓은 물건들을, 하나씩 꼼꼼히 살펴보았다.

*투명 망토

착용한 영웅을 클로킹 상태로 만들어 주는 신기한 망토입니다. 착용한 뒤 10초가 지나야 투명 상태로 전환되며, 적을 공격하거나 조금이라도 데미지를 입으면, 그 즉시 투명 상태가 해제됩니다.

구매자의 계정에 귀속되는 계정 귀속 아이템입니다.

가격 : 49,900차원코인

*강화된 마력 폭탄

설치한 뒤 일정 시간이 지나면 강력한 폭발을 일으키는 마력폭탄입니다. 반경 10미터 이내의 모든 구조물과 생명체에 피해를 입히며, 폭탄의 위치와 가까울수록 더욱 강력한 피해를 입힙니다.

건축물과 같은 '무생물' 타입의 대상에게 더 많은 피해를 입힐 수 있습니다.

가격 : 10,000차원코인

*소환수 소환 스크롤(영웅)

'영웅' 등급 이상의 랜덤한 소환수를 소환할 수 있는 스크롤입니다.
이 스크롤로 소환된 소환수는 용사의 협곡 전투가 끝날 때 까지 함께할 수 있으며, 죽거나 소환 해제될 시 다시 소환할 수 없습니다.
처음 소환된 소환수의 레벨은, 스크롤을 사용할 당시 유저의 레벨과 비례합니다.
가격 : 14,500차원코인

*황금빛 무기 상자

희귀 등급 이상의 무기 아이템이 들어 있는 황금빛 상자입니다.
무기 상자를 사용하여 획득한 장비는 계정에 귀속되며, 영웅의 협곡 전투가 끝날 때까지 사용할 수 있습니다.
운이 좋다면, 최대 영웅 등급의 무기까지 획득할 수 있습니다.
가격 : 29,500차원코인

*호화 요리 상자

맛있고 고급스러운 요리가 들어 있는 요리 상자입니다.
희귀 등급 이상의 랜덤한 요리가 들어 있으며……
……후략……

제법 많은 종류의 아이템들을 하나씩 확인하던 이안은, 눈이 휘둥그레질 수밖에 없었다.

고블린이 장담했던 것처럼, 아이템들의 가격이 하나같이 고가였던 것.

'어떻게 제일 싼 소모성 아이템이 1만 코인이나 되는 거야?'

하나같이 특별하고 유용한 아이템들의 성능을 감안하더라도, 결코 싸게 느껴지지는 않는 가격들.

'투명 망토 옵션이 확실히 탐나기는 하는데, 거의 5만 코인이나 되는 돈을 지불하기에는 무리가 있지.'

투명 망토의 성능은 사실, 5만 코인이라는 액수가 이해될 정도로 사기적이라고 할 수 있었다.

만약 지금 이안이 대부분의 장비 아이템들을 맞춰 놓은 후반이었더라면, 아무리 비싸다고 해도 구입했을 정도로 충분히 매력 있는 아이템인 것.

하지만 적어도 지금 이안에게, 투명 망토는 포기할 수밖에 없는 아이템이었다.

지금 이안이 장비한 아이템 중 성능이 괜찮은 것은 희귀 등급의 서리단검 하나가 전부였기 때문에, 가능한 8만 코인 전부를 스펙 업에 사용하고 싶었으니 말이다.

'투명 망토가 있다면 좀 더 수월하게 마군 진영을 농락할 수 있겠지만, 스펙을 올려서 아예 힘으로 찍어누르는 게 더 확실한 방법이겠지.'

마력 폭탄이나 요리 상자 등의 아이템도 충분히 매력적이었지만, 이안은 과감히 그것들을 건너뛰었다.

랜덤한 장비 아이템을 획득할 수 있는 황금 상자의 앞에서는 제법 오래 고민하였지만, 그조차도 패스하기로 하였다.

'희귀~영웅 등급 획득 가능이면 거의 희귀등급 장비 나온

다고 보는 게 맞으니까.'

이미 LB 사의 가챠 뽑기 시스템을 완벽히 파악하고 있는 이안!

결국 이안이 선택한 아이템은, 고블린의 좌판 마지막에 있던 두 개의 물건이었다.

그리고 일단 마음이 정해지자, 이안은 거침없이 결정하고 물건들을 집어 들었다.

"친구, 이거랑 이거. 두 개 살게."

"오오. 정말? 이것들을 살 코인이 있는 거야?"

"그렇다니까. 마음 바뀌기 전에 얼른 팔아 그러니까."

"키힝! 아, 알겠어! 너 진짜 통 큰 녀석이구나!"

고블린 보부상과의 대화를 마친 이안은, 곧바로 녀석에게 코인을 지불하였다.

그러자 그와 동시에, 이안의 눈앞에 새로운 시스템 메시지들이 주르륵 하고 떠오르기 시작하였다.

띠링―!

―'고블린 보부상'과의 거래에 성공하였습니다!

―67,500차원코인을 지불하였습니다.

―'MVM 탐지기' 아이템을 획득하셨습니다.

―15,000차원코인을 지불하셨습니다.

―'강화된 경험의 경단×3' 아이템을 획득하셨습니다.

이안이 구입한 물건들은, 'MVM 탐지기'라는 이름을 가진 팔찌 모양을 한 정체불명의 아이템과 마치 미트볼처럼 생긴 세 개의 둥그런 고기경단.

고기경단이야 처음 이안이 차원 상인으로부터 구입했던 경험의 경단과 비슷한 종류의 아이템이었지만, 'MVM 탐지기'라는 이름을 가진 특이한 생김새의 팔찌는 겉으로 봐선 전혀 용도를 알 수 없어 보였다.

"키힝! 고마워, 친구. 다음에 또 보자고."

"물론이지. 한 1시간 뒤에 볼 수 있으면 딱 좋을 것 같은데."

이안과의 거래에 무척이나 흡족한 표정이 된 고블린은 신이 나서 허공으로 폴짝 하고 뛰어올랐다.

그러자 그 자리에 황금빛 포털이 열리면서, 녀석은 어디론가 사라져 버렸다.

이안은 아쉬운 표정이 되어 쩝 하고 입맛을 다셨다.

"딱 2만 코인만 더 있었으면 경단 대신 장비 아이템 하나 정도는 더 사는 건데……."

그런데 다음 순간, 이안의 눈앞에 그 아쉬움을 달래 줄 만한 새로운 시스템 메시지가 두 줄 떠올랐다.

띠링—!

-'고블린 보부상'이 거래에 만족하였습니다.

-'고블린 보부상'을 만날 확률이 소폭 상승합니다.

그리고 그 메시지들을 확인한 이안은, 씨익 웃으며 기분 좋게 고개를 주억거렸다.

"좋아, 다음에 만날 때는, 사고 싶은 거 다 살 수 있을 만큼 코인을 모아 주겠어."

착용한 팔찌를 조심스레 만지작거린 이안은, 흐뭇한 미소를 지었다.

그리고 눈을 반짝이며, 어디론가 빠르게 이동하기 시작하였다.

MVMMost Valuable Monster **탐지기**

사냥터에 숨겨져 있는 '에픽 몬스터'의 위치를 탐지해 주는 팔찌입니다.
최대 '전설' 등급까지의 에픽 몬스터를 탐지할 수 있으며, 발견한 에픽 몬스터의 위치를 추적할 수 있습니다.
반경 50미터까지 탐지가 가능합니다.
구매자의 계정에 귀속되는 계정 귀속 아이템입니다.
가격 : 67,500차원코인

게임, 혹은 스포츠에서도 많이 쓰이는 단어인 MVP.

지금 이안이 착용한 팔찌인 'MVM 탐지기' 팔찌에 적혀 있는 영문 세 글자는, 이 MVP와 무척이나 흡사한 뜻을 가지고 있었다.

'Most Valuable Player'가 경기 내 가장 가치 있는 플레이를 보여 준 선수를 뜻하는 것이라면, 'Most Valuable Monster'는 가장 높은 가치를 지닌 몬스터를 뜻하는 것.

때문에 이안이 착용한 이 팔찌는, 곳곳에 숨어 있는 고 부가가치의 몬스터들을 찾아낼 수 있게 해 주는 탐지기 역할을 한다고 할 수 있었다.

바로 이렇게 말이다.

-'MVM 탐지기' 아이템이 발동합니다!

-유일 등급의 에픽 몬스터 '코발트 울프(Lv.5)'를 발견하였습니다.

-'코발트 울프' 몬스터를 추적하기 시작합니다.

간결하게 떠오르는 시스템 메시지를 확인한 이안이, 시선을 자연스레 옮겨 미니 맵으로 향했다.

그러자 미니 맵의 한쪽 구석에, 은백색으로 빠르게 점멸하는 표식이 그의 눈에 들어왔다.

그리고 그 뒤는 일사천리라 할 수 있었다.

타탓-!

순식간에 미니 맵에 표시된 방향으로 내달리며 화염시를 소환한 이안이, 숨어 있던 에픽 몬스터의 머리통을 향해 연달아 화살을 쏘아 내었으니 말이다.

당연히 5레벨밖에 되지 않는 푸른 빛깔의 늑대는 이안의 화살에 영문도 모른 채 사망할 수밖에 없었다.

그리고 이어서 이안의 눈앞에 새로운 시스템 메시지가 떠올랐다.

띠링-!

-에픽 몬스터 '코발트 울프'를 성공적으로 처치하셨습니다!

─5레벨 이상 차이 나는 몬스터를 처치하였으므로, 경험치를 획득할수 없습니다.

─'용맹의 이빨 장식(희귀)' 아이템을 획득하였습니다.

영웅의 협곡 곳곳에 흩어져 있는 희귀한 에픽 몬스터들은, 무척이나 높은 확률로 아이템을 드롭한다.

찾기가 힘든 것이지 일단 찾아서 처치하기만 하면, 부가가치가 높은 아이템을 손쉽게 획득할 수 있는 것이다.

방금 이안이 획득한 '용맹의 이빨 장식'과 같은 희귀 등급의 장신구도, 상점 가치로 따지자면 3천 차원코인은 될 만한 물건이었으니 말이다.

물론 골렘 사냥만 해도 순식간에 몇천 코인을 벌어들일수 있는 이안에게, 3천 코인 정도는 큰 의미가 없을지도 모른다.

하지만 방금 이안이 처치한 에픽 몬스터는 고작 5레벨의가장 허약한 축에 속하는 녀석일 뿐.

이안이 솔로 플레이로 잡을 수 있는 최대 레벨의 에픽 몬스터를 잡는다면, 몇만 단위의 가치를 지닌 아이템도 획득할수 있으리라.

"이빨 장식 이거……. 나름 올 스텟 5퍼센트나 올려 주네. 일단 착용해서 써야겠다."

그렇다면 이안은, 더 좋은 사냥터들을 놔두고 왜 지금 이렇게 저 레벨 사냥터에 와 있는 것일까?

그 이유는 간단했다.

이안은 지금 이 근방에서 해야 할 일(?)이 하나 있었던 것이다.

'목적만 달성하고 나면, 북쪽 화산지대를 털러 가야겠어. 20레벨 이상 에픽 하나 잡으면, 유일이나 영웅 등급 이상의 고오급 아이템을 먹을 수 있겠지.'

속으로 중얼거린 이안은 수풀을 헤치며 천천히 어디론가 향해 움직였다.

그러자 잠시 후, 이안의 시야에 익숙한 건축물이 모습을 드러내었다.

마력 보급 관리소(C).

붉고 굵은 글씨로, '마력 보급 관리소(C)'라는 이름이 떠올라 있는 커다란 건설물.

외형과 명칭은 무척이나 익숙했지만, 사실 이것은 이안이 처음 만나는 건물이었다.

이것은 천군 진영의 관리소가 아닌 마군 진영의 관리소 건물이었으니 말이다.

또다시 마군 진영의 핵심 건물을 파괴하러 나타난 이안.

그의 행보가 이어질 때마다, YTBC의 중계석에서는 흥분

된 목소리가 터져 나올 수밖에 없었다.

"아, 이안이 왜 저레벨 사냥터에 있었나 했더니, 관리소가 목표였군요!"

"그렇습니다. 심지어 이 라인은, 모든 보급 라인 중에 가장 중요한 C 라인이에요."

"어째서 C 라인이 가장 중요한 건가요, 하인스 님?"

"그야 야영지를 넘어 차원의 홀까지 최단 거리로 이어져 있는 보급로가 바로 이 C 보급로이기 때문이죠."

"그렇군요!"

"관리소가 부서지면 C 보급로에 있는 모든 타워들의 성능이 디버프를 먹을 겁니다. 그리고 이곳을 통해 이동하는 차원병사들의 유입 속도도 무척이나 느려지겠지요."

"이제야 파괴된 군수물자 관리소를 다시 건설하는 마족 진영 입장에서는 정말 미칠 노릇이겠군요!"

"그렇습니다! 지금 마군 진영은 이안의 손아귀에서 완전히 놀아나고 있어요!"

그리고 해설을 주도하고 있는 하인스의 경우 이미 목소리가 제법 쉬어 있었다.

그도 그럴 것이, 벌써 이 순위 결정전이 시작된 지 3시간이 훌쩍 넘어가고 있었으니 말이다.

하지만 정작 본인은, 자신의 목소리가 쉬었다는 사실조차 인지하지 못하고 있는 상황이었다.

'크, 재밌어⋯⋯! 역시 이안이 나와야 방송이 살아난단 말이지!'

신이 난 하인스는 이안의 일거수일투족을 놓치지 않기 위해 스크린에서 눈을 떼지 않았다.

그리고 그런 그의 기대에 부응이라도 하듯, 이안은 관리소 건물의 지근거리까지 접근하고 있었다.

"토르의 레벨이 이제 20레벨이 다 되었으니, 아까보다 더 쉽게 건물을 터뜨리겠죠, 하인스 님?"

"하하, 당연합니다. 정확히는 몰라도, 이제 슬슬 1만 단위 대미지가 뜨지 않을까요?."

그런데 다음 순간.

관리소 건물의 바로 근처까지 도착한 이안은, 돌연 그 자리에 멈춰 근처의 풀숲으로 숨어들었다.

이어서 아이템을 정비하는 것인지, 쥐죽은 듯 그 안에 잠복하여 미동조차 하지 않았다.

그러자 하인스와 루시아는 의아한 표정이 될 수밖에 없었다.

"어, 그런데 하인스 님, 이안은 왜 저기서 움직이질 않는 걸까요?"

"그, 글쎄요. 건물을 공격하기 전에 정비라도 하려는 것일까요?"

예상치 못했던 상황에 당황하여, 빠르게 화면을 스캔하는 하인스.

최대한 빠르게 이안의 플레이에 대한 이유를 찾아내어 해설해야 하기 때문에, 하인스의 머릿속은 복잡해지기 시작하였다.

'뭘까? 딱히 정비가 필요한 상황은 아닌 것 같은데…….
이안은 왜 숨어서 움직이지 않는 거지?'

하인스는 방송 화면에 보이지 않는 다른 옵저버들의 화면을 빠르게 확인해 보았다.

방송 화면에서 답을 찾을 수 없다면, 다각도로 상황을 분석해 보아야 하기 때문이었다.

그리고 다음 순간.

"어, 어어……!"

뭔가를 발견한 하인스의 입에서, 탄성이 새어 나왔다.

"바로 이거였어요, 루시아 님!"

"네? 하인스 님, 뭔가를 찾으신 건가요?"

루시아의 반문에 고개를 끄덕인 하인스는, 방송 화면을 다른 각도로 전환시켰다.

그러자 루시아를 비롯한 모든 시청자들의 눈앞에, 너무도 또렷한 하나의 그림자가 모습을 드러내었다.

탄탄한 체구에 거대한 대검을 든, 붉은 피부를 가진 용맹한 마족 진영의 전사.

어쩐지 익숙하게 느껴지는 그 실루엣을 발견한 시청자 채팅 창이, 광란의 도가니로 빠져들었다.

　-ㅋㅋㅋ미친……! 형이 왜 거기서 나와?
　-캬, 타이밍 보소. 건물 부수려다 말고 왜 잠복하나 했더니, 무스카
기다리고 있었던 거네.
　-크으, 이안은 그럼, 마족 영웅 부활 타이밍까지 재면서 움직이고 있
었던 건가?
　-ㅇㅇ 그런 듯. 사망한 마족 영웅 복귀 타이밍 노려서 길목에 대기하
고 있다가, 기습해서 한 번 더 따 버리려는 거지.
　-아니, 에픽 몬스터 찾는다고 뛰어다니면서 칼같이 부활 타이밍 재는
게 가능한 부분임?

　부활 대기 시간이 돌아오자마자, 전장까지 가장 빠르게 이
어 주는 'C' 보급로를 향해 뛰어온 무스카.
　그리고 그것을 예상하기라도 했다는 듯 정확한 타이밍에
보급로에 숨어들어 대기하고 있던 이안의 만남.
　이것만큼 시청자들의 기대감을 끌어올릴 만한 상황도 별
로 없었기 때문에, 채팅 창의 열기는 더욱 달아오르기 시작
하였다.

　-와……. 설계 오졌다. 부활 대기 20~30분 기다리는 것도 지루했을
텐데, 나오자마자 바로 죽으면……. 진짜 멘탈 터질 것 같은데.

―잠깐, 친구들, 여기서 무스카가 이안을 역관광하고 복귀할 확률은?

―ㅋㅋ지금 그걸 말이라고 함? 이제 레벨도 이안이 더 높고 아이템은 말할 것도 없는데…….

―응, 너 여친 생길 확률이랑 비슷할 듯.

하인스와 루시아, 그리고 수많은 시청자들까지 이어질 전투를 숨죽여 기다리는 일촉즉발의 상황!

그리고 다음 순간.

시청자들의 기대에 부응하기라도 하듯, 영웅의 협곡에 월드 메시지가 울려 퍼졌다.

그것은 정말, 눈 깜짝할 사이에 벌어진 일이었다.

―퍼펙트 킬!

―천군 진영의 영웅 '이안'이 마군 진영의 영웅 '무스카'를 처치하였습니다!

―영웅 '이안'이 압도적인 무력을 보여 주며 킬 포인트를 획득하였습니다!

―킬 포인트로 인한 모든 보상이 두 배로 적용됩니다!

―킬 포인트를 올린 영웅 '이안'에게 4,950차원코인이 지급됩니다.

―천군 진영이 킬 포인트를 2포인트만큼 획득합니다.

그리고 화면에 모습을 드러낸 이안은, 또다시 싸늘한 시체가 되어 누워 있는 무스카를 향해 씨익 웃으며 작은 목소리로 중얼거렸다.

"세 번째 만남을 기대하라고, 친구."

누워 있는 무스카로서는, 어째서 다음이 세 번째 만남인지도 모르겠지만 말이었다.

원래도 힘겹게 버티던 마족 영웅들은, 무스카가 또다시 처치당했다는 메시지를 보자마자 무너져 내리고 말았다.

그가 다시 전장에 합류하기를 기다리며 어떻게든 버티고 있었는데, 희망이 뿌리부터 송두리째 뽑혀 나간 것이나 다름없기 때문이었다.

하지만 그렇다고 해서 그들이 전장 자체를 포기한 것은 아니었다.

만약 마족 영웅들이 유저였다면 그대로 항복 선언을 해 버렸을 수도 있었겠지만, 이들은 유저가 아닌 NPC.

그들이 패배를 선언하는 경우는, 오로지 본진에 있는 '차원의 홀'이 파괴되었을 때뿐일 것이었다.

"최전방 버리고 후퇴해!"

"여기서 계속 버티다간, 앞으로 파밍도 못하고 이안이라는 놈에게 계속 농락당할 거라고!"

"빨리 타워부터 역소환시켜!"

마족 진영의 영웅들은, 재빨리 최전방을 버리기로 결정하였다.

그리고 후퇴하기 전에, 전방에서 힘겹게 버티고 있던 타워들을 빠르게 소환 해제하였다.

우우웅-!

-마군 진영의 C-1타워가 소환 해제되었습니다.

-마군 진영의 B-1타워가 소환 해제되었습니다.

-마군 진영의…….

영웅의 협곡에서 타워를 지을 수 있는 위치는 정해져 있다.

그리고 타워를 소환해제 한다면, 3분이라는 재소환 대기 시간이 지난 후에 정해진 위치 중 어디에든 다시 소환하는 것이 가능하다.

때문에 마군 진영의 NPC들은, 최전방 라인이 무너지기 전에 황급히 타워부터 철거한 것이다.

"생명의 샘 주변으로 타워 전부 옮겨 박아!"

"이제부터는 코인 모아서 전부 타워 업그레이드에 집어넣고!"

"서둘러! 녀석들이 밀려들어오기 전에 야영지에 방어선을 구축해야 한다고!"

마족 영웅들은 서로에게 오더를 내리며, 일사불란하게 움직여 후방으로 후퇴하였다.

기세가 오른 천군 진영이 곧바로 야영지까지 밀려들어올

것이라 판단했기 때문에, 그들은 더욱 다급히 이동하였다.

하지만 그것도 잠시뿐.

"……?"

"뭐지? 이놈들 다 어디 간 거야?"

모든 정비를 마치고 방어 태세를 구축한 마군 진영의 영웅들은, 황당한 표정이 될 수밖에 없었다.

야영지를 부수기 위해 곧바로 밀려들 것이라 생각했던 천군 진영의 영웅들이, 사방을 둘러봐도 코빼기조차 보이지 않았으니 말이다.

"긴장을 늦추지 마! 시간차 공격일 수도 있으니까!"

또다시 예측을 벗어난 천군 진영 영웅들의 움직임에, 마족 영웅들은 혼란에 빠져들었다.

마군 진영의 영웅들이 타워를 철거하여 야영지까지 후퇴하던 그때.

진영의 안쪽에서 무스카를 처치한 뒤 '마력 보급 관리소'까지 파괴한 이안은, 그 혼란을 틈타 천군 진영으로 복귀하였다.

그리고 이안을 발견한 로터스의 파티원은 격하게 그를 맞아 주었다.

"이야, 적진에 혼자 들어가서 적장의 목을 베고 왔네. 조 자룡이 울고 가겠어."

"크으, 이안 형까지 돌아왔으니, 이제 이대로 야영지까지 밀어 버리죠!"

지금 로터스 팀의 사기는 그야말로 하늘을 찌를 듯한 상황이었다.

스코어상으로 이기고 있는 것을 떠나서, 병사들의 전력과 영웅들의 스펙부터 확실하게 마군 진영을 넘어서고 있는 상황이기 때문이었다.

레벨이야 비슷한 수준이라 할 수 있었지만, 차원코인 파밍에서 차이가 벌어질 수밖에 없었던 것.

하지만 어쩐 일인지, 곧바로 야영지를 밀어 버리자는 동료들의 말에 이안은 동의하지 않았다.

"아니야, 지금 곧바로 야영지를 치는 건 무리가 있어."

"무리?"

"그래. 내가 넘어오기 전에 염탐 좀 하고 왔는데, 최전방 라인 뚫는 것보다 야영지 뚫는 게 훨씬 더 어려울 거야."

"그으……래?"

최전방에서 마군 진영의 방어 타워들은 횡으로 열 개가 쭉 늘어서 있는 구도였다.

타워들의 사정거리가 모든 공격로를 커버할 수 있는 배치가 아니었던 것이다.

하지만 야영지로 옮겨 심어진 타워들의 위치는, 생명의 샘을 기준으로 쭉 둘러선 배치였다.

즉, 새로 배치된 타워를 뚫기 위해서는 한 번에 열 개 타워 전부를 상대해야 한다는 말이나 다름이 없었던 것이다.

"그럼 어떻게 할 건데? 바로 뚫지는 못하더라도 어쨌든 계속 트라이하기는 해야 할 것 아냐?"

훈이의 물음에, 옆에 있던 레미르가 고개를 주억거리며 동의하였다.

"그러게. 훈이 말처럼 일단 병사들을 따라 내려가서 부딪쳐 보면서 작전을 구상하는 게…….."

누가 듣기에도 지극히 당연한 이야기를 하는 훈이와 레미르.

하지만 이안은 고개를 절레절레 저었다.

두 사람의 말이 틀린 것은 아니었지만, 더 효율적으로 승리 굳히기(?) 작업을 하고 싶었으니 말이다.

"뭐, 그 말도 틀리지는 않지만, 그 전에 우리가 해야 할 일이 있어."

"응?"

"해야 할 일?"

"그래, 그러니까…….."

씨익 웃으며 잠시 뜸을 들인 이안은 의미심장한 표정으로 다시 말을 이었다.

"일단 따라와 봐."

이안을 필두로 한 로터스 팀원의 여섯 영웅들이 가장 먼저 향한 곳은 다름 아닌 야영지였다.

하지만 그곳은 마군 진영의 야영지가 아닌, 천국 진영의 야영지.

그리고 야영지에 도착한 이안은 망설임 없이 차원 상인을 향해 움직였다.

그런 그의 뒤를 따르던 훈이가 이안을 향해 의아한 표정으로 물었다.

"형, 아이템 사러 온 거였어?"

이안은 대번에 고개를 저으며 대답하였다.

"아니. 나 돈 없는데?"

"⋯⋯?"

"사러 온 게 아니고 팔러 온 거야."

고블린 보부상을 만나 전 재산을 탈탈 털리고(?) 난 뒤, 이안은 그 허전함을 만회하기 위해, 마족 진영의 에픽 몬스터란 에픽 몬스터들은 닥치는 대로 잡고 다녔다.

물론 복귀하는 무스카를 잡아야 했기 때문에 보급로 근처에 있는 저레벨 사냥터 위주로 사냥했지만, 그래도 아이템들이 인벤토리에 제법 많이 쌓이게 된 것.

대부분이 다른 팀원에게 양도할 수 없는 계정 귀속 아이템들이었기 때문에, 이안은 망설임 없이 차원 상인에게 팔아넘기기 시작하였다.

"오호, 물건을 팔고 싶다고?"

"그렇습니다."

"이거 기대되는군. 나는 쓸모없는 잡템까지 매입하지는 않는다네. 내게 제값을 받고 팔고 싶다면, 쓸 만한 물건이어야만 할 거야."

"물론입니다."

본인은 수많은 종류의 잡템들을 팔면서, 이안에게 까다롭게 구는 차원 상인.

이안은 속으로 어처구니 없었지만, 굳이 티를 내지는 않았다.

어차피 이안이 팔려고 하는 아이템들은 어쨌든 에픽 몬스터들이 드롭한 물건들.

차원 상인이 거부할 만한 물건은 없을 게 확실했기 때문이었다.

그리고 이안의 예상대로 물건을 하나 팔아넘길 때마다 차원 상인의 표정이 시시각각 일변하였다.

"오옷, 이것은 황금 부리 독수리의……?"

-'황금 부리 독수리의 깃털 신발' 아이템을 판매하였습니다.

－4,575차원코인을 획득하셨습니다.

"아니, 이것은……. 설마 핏빛 오크 전사의 검?"

"후후, 잘 알아보시는군요."

"조금 손상되기는 하였지만, 이 정도면 확실히 상등품이로군!"

－'핏빛 오크 전사의 양날 검' 아이템을 판매하였습니다.

－5,598차원코인을 획득하셨습니다.

적게는 500차원코인부터 시작하여, 많게는 7~8천 차원코인까지.

끝없이 인벤토리에서 쏟아져 나오는 아이템들을 보며, 옆에 있던 레미르의 입이 쩍 하고 벌어졌다.

"아니, 너 대체 무슨 짓을 하고 다닌 거야?"

"마족 진영 저렙 존에 있던 에픽 몬스터들, 싹 쓸어 먹고 왔거든."

"아니, 에픽 몬스터를 어떻게 쓸어 먹어?"

"음?"

"그렇잖아. 우리 다섯 명이 지금까지 본 에픽 몬스터가 겨우 둘이거든. 근데 대충 봐도 넌 열 마리도 넘게 잡은 것 같으니까 하는 말이지."

"열 마린 아니고, 대충 스무 마리 정도?"

"후우, 그러니까 대체 무슨 재주를 부린 건지 묻고 있는 거잖아."

히죽히죽 웃는 이안을 보며 이해를 포기한 것인지 고개를 절레절레 젓는 레미르.

하지만 주변인들의 반응과는 별개로 아이템들을 전부 팔아넘긴 이안은 또다시 어디론가 움직이기 시작하였다.

"이번엔 또 어디 가는데?"

헤르스의 물음에 당연하다는 듯 대답하는 이안.

"벌었으니까 이제 써야지."

망설임 없이 군수물자 관리소를 향해 움직인 이안은, 또다시 전 재산을 탈탈 털어 넣기 시작하였다.

-천군 진영 '차원 병사(보병)'의 공격력을 한 단계 업그레이드하였습니다.

-7,000차원코인을 소모하였습니다.

-천군 진영 '차원 병사(보병)'의 공격력이 +7단계가 되었습니다.

-천군 진영 '차원 병사(보병)'의 방어력을 한 단계 업그레이드하였습니다.

-6,000차원 코인을 소모하였습니다.

-천군 진영 '차원 병사(보병)'의 방어력이 +6단계가 되었습니다.

……중략……

-연구에 10만 코인 이상을 소모하여, 군수물자 관리소의 연구 능력이 한 단계 상승합니다.

-군수물자 관리소의 티어가 2티어로 상승하였습니다.

-새로운 병과 '차원 병사(마법병)'이 오픈되었습니다.

─이제부터 '차원 병사(마법병)'이 추가로 생산됩니다.

들고 있던 5~6만 정도의 코인을 아낌없이 군수물자 관리소에 쏟아부은 이안.

옆에서 새로 생긴 병과인 '마법병'의 스펙 정보를 확인한 유신이 혀를 내두르며 중얼거리듯 물었다.

"이안 형, 이러면 우리 가만히 있어도 이기는 거 아냐? 이 정도면 병사들이 알아서 다 때려부술 것 같은데."

그에 이안은 고개를 저으며 대답하였다.

"놉. 아마 한동안 낑낑 대기는 하겠지만, 그게 그렇게 오래가지는 않을 거야."

"그래?"

"응. 이제 진영이 뒤로 이동됐으니 마족 영웅들도 코인 파밍이 가능해졌거든."

"아, 그럼 그쪽 병사들도 업그레이드될 거다……?"

"맞아. 그리고 아직까지 정체를 모르는 그 빨간 오우거들도, 아마 위 단계로 업그레이드할 수 있겠지."

"하긴……. 그렇게 따지면 진짜 형 말대로 금방 병력이 살아나겠어."

"그리고 아마 머리가 있는 놈들이라면, 야영지에 있는 타워까지 몬스터를 몰아와서 빠른 속도로 파밍을 시도할 거야. 우리랑 벌어진 격차를 최대한 빨리 줄이려면, 그 방법밖엔 없거든."

"오호, 그러고 보니 그런 것도 가능하네?"

과연 이 영웅의 협곡에 처음 들어온 유저가 맞는 것인지, 마족 진영의 선택지들을 훤히 꿰뚫어 보고 있는 이안.

이안의 뒤쪽에서 잠자코 이야기를 듣고 있던 레비아가 조용한 목소리로 이안을 향해 물었다.

"그럼 이안 님."

"말씀하세요."

"우리가 벌려 놓은 그 격차를 따라잡히지 않기 위해서 생각해 놓은 전략이 있으신 거죠?"

레비아의 물음에, 일행의 시선은 자연히 이안의 입을 향해 모여들었다.

이 협곡에서의 승패를 떠나 그가 생각해 둔 전략이 어떤 것인지 너무도 궁금했기 때문이었다.

하지만 이안의 입에서 처음 나온 이야기는, 모두의 예상을 완전히 벗어나는 것이었다.

"아뇨. 따라잡히지 않기 위한 전략 같은 건 없습니다."

"……!"

"그럼……?"

당황한 팀원들을 향해, 이안은 씨익 웃으며 말을 이었다.

"대신 그 차이를 더 벌려서 따라올 엄두조차 내지 못하게 만들 전략은 가지고 있죠."

"허얼."

이안의 말장난에, 어처구니없다는 표정이 되어 헛웃음을 짓는 일행.

그리고 야영지에서 해야 할 일을 전부 마무리한 이안은 또다시 앞장서서 어디론가 향하기 시작하였다.

'자, 이제 슬슬 화산지대를 공략하러 가 볼까?'

이안의 목적지는 협곡의 북쪽 끝.

설산과 용암이 공존하는, 용사의 협곡 화산지대였다.

용사의 협곡 맵의 큰 틀은 다이아몬드 형태로 만들어져 있었다.

서쪽 끝 모서리에 있는 천군 진영 '차원의 홀'과 동쪽 끝 모서리에 있는 마군 진영 '차원의 홀'을 기준으로 말이다.

그리고 이 다이아몬드를 세로로 가르는 맵의 유일한 평원 지대가 바로 지금까지 마군과 천군 진영이 엎치락뒤치락 하던 최전방의 전장.

이제는 마군 진영의 깃발이 전혀 보이지 않는 이 평원지대에 어쩐 일인지 이안 일행이 모습을 드러내었다.

그리고 이안 일행은, 평원을 따라 점점 더 북쪽으로 이동하고 있었다.

"그러니까 형 말은, 이 평원을 따라 계속 북쪽으로 올라가면 화산지대가 나온다는 말이지?"

"그렇다니까."

"그냥 야영지에서 북으로 이동하면 안 되는 거였나요? 이렇게 오면 너무 돌아온 것 같은 느낌인데…….."

"그쪽은 가다 보면 결계로 막혀 있거든요."

"아하……?"

"제가 마족 진영 통해서 북쪽으로 한번 올라가 보려 했었는데, 이동 불가능하게 아예 막혀 있었어요. 아마 천군 진영 쪽도 마찬가지겠죠?"

이안이 이 용암지대를 처음 발견한 것은 사실 우연에 가까운 일이었다.

마족 진영을 정찰하며 지형을 익히던 도중 북쪽 지형을 탐색하다가 발견한 것이었으니 말이다.

이안이 북쪽지대를 탐색한 이유는 만일의 사태를 대비하여 퇴로를 확보하고 싶었기 때문.

마족 진영의 타워들이 늘어서 있는 중앙 라인을 피해 북쪽 끝으로 올라간다면, 진영을 넘나들 수 있는 새로운 통로가 있지 않을까 해서 가 보았던 것이다.

하지만 북쪽으로 올라가는 길은 결계로 막혀 있었고, 결계 너머로는 시뻘건 용암이 부글부글 끓어오르는 화산지대가 펼쳐져 있었다.

'그리고 거기서 본 레드 드레이크는, 분명히 영웅 등급이

었지.'

이안이 만약 결계 너머로 드레이크를 발견하지 못했더라면, 용암지대에 대해 대수롭지 않게 생각했을 것이었다.

그냥 이동할 수 없게 맵을 막아 놓기 위해서, 용암지대를 만들어 놓았다고 생각했을 테니 말이다.

하지만 그 안에 영웅 등급의 몬스터가 있다는 것을 확인한 순간 얘기는 달라졌다.

'진영에서 직접적으로 이동할 수 없게 막아 놓은 걸 보면, 분명 대단한 콘텐츠가 그곳에 있을 거야.'

마족 진영에서 이동할 수 없게 막혀 있다는 말은, 당연히 천군 진영에서도 이동할 수 없도록 되어 있다는 말.

그리고 양쪽이 그렇게 막혀 있다면, 그곳으로 이동할 방법은 중앙 평원을 통하는 길뿐이었다.

'어쩌면 중앙 최전방의 힘 싸움에서 승리한 진영만이, 북쪽 지대로 이동할 수 있도록 설계해 놓은 것일지도.'

기획자의 입장에서 머리를 굴려 본 이안은 화산 지대 콘텐츠의 기획 의도를 예상해 볼 수 있었고, 이로써 자신의 짐작을 거의 확신했다.

'다음 주에 있을 두 번째 순위 결정전을 위해서라도 기회가 왔을 때 화산 지대를 싹 다 털어 봐야 해.'

빠른 걸음으로 움직이던 이안은 왼쪽 손목에 끼워져 있는 황금빛 팔찌를 슬쩍 응시했다.

'MVM 탐지기'라는, 팔찌로는 조금 특이한 이름을 가지고 있는 녀석.

이 녀석과 함께 화산 지대의 에픽 몬스터들을 싹 다 털어 먹는 상상을 떠올리자, 이안의 입가에 저도 모르게 흡족한 미소가 피어올랐다.

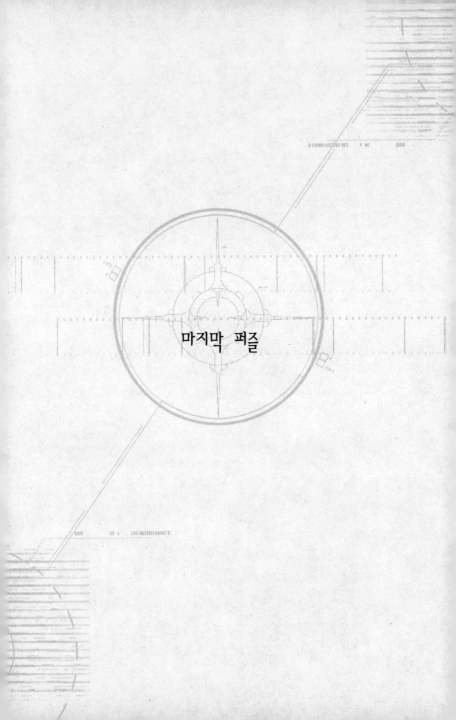

마지막 퍼즐

Taming
Master

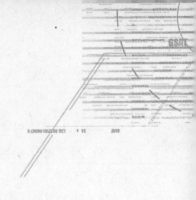

영웅의 협곡 전장의 북쪽.

곳곳에 새하얀 눈이 쌓여 있는 고요한 용암지대.

부글부글.

스하아아-!

곳곳에서 울려 퍼지는 섬뜩한 소리를 들으며, 이안은 마른 침을 꿀꺽 하고 집어삼켰다.

'여긴……. 진짜 위험해 보이네.'

용암지대의 초입에 도착한 이안은 잠시 그 자리에 멈춰 설 수밖에 없었다.

결계 너머에서 볼 때에는 시야가 흐려 정확히 보지 못했는 데, 막상 눈앞에 제대로 드러난 용암지대의 위용은 압도적이었다.

"여긴…… 대체 왜 온 거야, 형?"

"와, 저기 용암 솟는 것 좀 봐. 잘못 닿으면 그대로 녹아 버리겠어."

대지의 70퍼센트가 절반쯤 응고된 용암으로 이뤄져 있는데다, 여기저기서 쉴 새 없이 용암 줄기가 솟구쳐 오르는 용암지대.

아직 몬스터는 멀찍이 보일 뿐이었지만, 이안 일행은 섣불리 걸음을 뗄 수 없었다.

"여기, 사냥하라고 만들어 놓은 사냥터 맞아?"

"그러게. 여기서 괜히 고생하면서 사냥하느니 그 시간에 다른 사냥터 쓸고 다니면 오히려 파밍 효과는 더 클지도 모르겠어."

유신과 레미르가 중얼거리듯 이야기하자 나머지 일행 또한 전부 고개를 끄덕이며 동의하였다.

물론 멀찍이 보이는 몬스터들만 보아도 이곳이 얼마나 고급 사냥터인지 알 수 있었다.

가장 흔하게 보이는 라바 스폰들만 해도, 25레벨 이상의 레벨을 가지고 있었으니 말이었다.

녀석들을 처치하기만 한다면, 분명 적지 않은 차원코인과 귀한 아이템들을 드롭할 터.

하지만 파밍에서 가장 중요한 것 중 하나가 '시간 대비 효율'이었으니, 무작정 고급 몬스터를 잡는 것이 능사는 아니었다.

같은 시간 동안 얼마나 많은 재화를 얻어 낼 수 있느냐를 생각해 본다면, 오히려 저급 몬스터를 많이 잡는 것이 높은 효율을 보여 줄 수도 있는 것이다.

물론 유신과 레미르 역시 그런 맥락에서 이야기한 것이었다.

두 사람의 말을 들은 이안도 어느 정도까진 그들의 이야기에 동의할 수 있었다.

'확실히 레미르 누나 말처럼 일반 몬스터 파밍은 다른 사냥터가 더 나을지도 모르지. 라바 스폰 한 마리 잡을 시간이면, 포레스트 골렘 서너 마리는 가뿐히 잡을 수 있을 테니 말이야.'

하지만 지금 다른 팀원들이 생각지 못하고 있는 요소가 하나 있었으니, 그것은 바로 지금 이안의 팔에 채워져 있는 'MVM 탐지기'였다.

이안은 지금, 그저 평범한 몬스터를 잡기 위해 이곳에 온 것이 아니란 말이었다.

'그러니까 더더욱, 에픽 몬스터들 위주로 최대한 찾아서 잡아야만 해. 이곳에서만 얻을 수 있는 아이템들을 얻어서 돌아가야 의미가 있을 테니까.'

어렵고 힘들더라도, 대체 불가능한 고유의 장비를 얻을 수

있다면, '효율'이라는 잣대로는 따질 수 없는 성과를 만들어
낼 수 있을 터.

"여기까지 아무 생각 없이 온 거 아니니까, 일단 따라 들
어오라고."

"그……러지, 뭐."

한마디로 팀원들의 우려를 잠재운(?) 이안은 성큼성큼 용
암지대 안으로 진입하였다.

그러자 잠시 머뭇거리던 로터스 팀원도 곧 이안의 뒤를 따
라 이동하기 시작하였다.

"우선 찾아야 할 게 있으니, 다들 몬스터는 최대한 피해
주세요. 용암 조심하면서 움직이시고요."

지형을 꼼꼼히 살펴 가며 일행을 리드해 더욱 깊숙한 곳으
로 이동하는 이안.

그렇게 5분 여 정도를 더 걸어 들어갔을까?

띠링-!

이안이 기다렸던 시스템 알림음이 드디어 귓전에 울려 퍼
졌다.

-'MVM 탐지기' 아이템이 발동합니다!

-영웅 등급의 에픽 몬스터 '자이언트 라바 골렘(Lv. 28)'을 발견하였습
니다.

-'자이언트 라바 골렘' 몬스터를 추적하기 시작합니다.

그리고 그것을 확인한 이안의 입꼬리가 씨익 하고 말려 올

라갔다.

　지금 이안 일행의 평균 레벨은 22~23 정도이다.

　헤르스나 레비아의 경우 24레벨까지 달성한 상황이었지
만, 최전방 경험치를 거의 얻지 못한 이안이 평균 레벨을 다
까먹은 것이다.

　현재 이안의 레벨은 21.

　때문에 이 전력으로 28레벨의 에픽 몬스터를 사냥한다는
것은, 확실히 쉽지 않은 일일 수밖에 없었다.

　"젠장, 방어력이 뭐 저래? 딜이 안 들어가잖아!"

　"딜러들 너무 가까이 붙지 마! 주변에만 가도 화염 대미지
가 엄청나게 들어온다고!"

　"레미르 누나, 화염 저항 마법 좀 걸어 줘!"

　"알겠어, 일단 이쪽으로 끌고와 봐."

　"오케이!"

　이안 일행이 가장 처음 찾은 에픽 몬스터인 '자이언트 라
바 골렘'은, 어마어마한 방어력과 공격력을 자랑하는 괴물
같은 몬스터였다.

　그나마 다행인 것은, 움직임이 무척이나 느려서 전투 패턴
이 단순하고 쉽다는 정도.

하여 이안을 비롯한 팀원은 골렘의 공격을 거의 다 피해 가며 고군분투하고 있었지만, 문제는 녀석의 생명력이 닳지를 않는다는 점이었다.

"이거 방어력도 방어력인데, 회복 능력이 더 문제인 것 같아."

"맞아. 나도 방금 발견했는데……. 저 녀석, 용암을 뒤집어쓸 때마다 계속 생명력을 회복하고 있어."

용암지대라는 맵의 이름답게, 맵의 바닥에서는 랜덤으로 용암이 뿜어져 나온다.

그리고 이 용암은, 전투를 배 이상 까다롭게 만들고 있었다.

용암이 튀어오를 때마다 골렘의 생명력은 회복되고, 파티원은 정신없이 그것을 피해 다녀야 하는 상황이 만들어지기 때문이었다.

훈이나 레미르와 같은 마법사 클래스는, 용암에 스치기만 해도 생명력이 절반 가까이 깎여 나갈 정도.

때문에 힘겹게 깎아 놓은 라바 골렘의 생명력은, 용암이 한 번 훑고 지나가면 다시 맥시멈까지 차올라 버렸다.

그워어어-!

또다시 생명력을 전부 회복하고는 의기양양한 기세로 주먹을 내리꽂는 라바 골렘.

콰아앙-!

골렘의 주먹이 바닥에 떨어져 내리자, 균열이 생겨난 곳으로부터 또다시 용암이 분수처럼 뿜어져 나왔다.

몬스터의 움직임 자체는 단순하기 그지없었으나, 주변 환경 덕에 어지간히 패턴이 복잡한 보스보다도 까다로운 상대가 되어 버린 것이다.

그리고 그런 녀석의 패턴을 분석하며, 이안은 아랫입술을 살짝 깨물었다.

'저걸 잡으려면, 압도적인 딜로 회복량을 찍어 누르는 수밖에 없어.'

한 번 용암이 튀어 오를 때, 녀석이 회복할 수 있는 생명력은 대략 5만 정도.

용암이 튀어 오르는 간격이 대략 3분 정도인 것을 감안하면, 결국 그 안에 회복량 이상의 딜을 꽂아 넣어야 녀석을 처치할 수 있다는 계산이 나오게 된다.

'피올란 님이 계셨다면, 방법이 보였을 텐데…….'

전장 바깥에서 관전 중일 피올란을 떠올린 이안이, 아쉬움에 아랫입술을 살짝 깨물었다.

얼음과 물 계열의 강력한 공격 마법을 구사하는 피올란이 이 자리에 있었더라면, 지금보다 훨씬 많은 대미지를 뽑아낼 수 있었을 테니 말이었다.

공격 속성뿐 아니라 방어 속성까지 화염인 라바 골렘에게, 물 속성의 마법 공격은 두 배 이상의 피해를 입힐 수 있을 터였다.

그러나 지금 가장 강력한 딜러인 레미르의 화염 공격은 원래 위력의 절반조차 내지 못하는 상황이었으니, 피올란이 더욱 아쉬울 수밖에 없는 것이다.

'라바 골렘의 타입은 무생물. 속성은 화염……. 지금 녀석에게 최대한 많은 피해를 입힐 수 있는 공격은 토르의 망치질과 뿍뿍이의 브레스 정도인가?'

평소에도 골렘 파괴자로 종종 활약하는 토르를 떠올려 보지 않은 것은 아니었다.

분명히 풀 버프를 받은 토르의 망치라면, 라바 골렘을 묵사발로 만들 정도의 위력을 보여 줄 테니 말이다.

하지만 문제는, 움직임이 느린 토르가 골렘의 공격을 피할 수 없다는 점.

토르의 맷집이 약한 편은 아니다.

하지만 라바 골렘의 무식한 주먹질을 버티면서 맞 딜을 넣을 정도는 당연히 아닌 것이다.

'한 타임 정도는 헤르스가 어그로를 받아 줄 수 있겠지만, 그래 봐야 1~2분 정도. 뿍뿍이까지 번갈아 가며 활용한다면 어찌 3분은 버텨 줄 수 있으려나.'

쾅- 쾌쾅-!

라바 골렘의 공격을 연달아 피해 내는 와중에도, 이안의 머릿속은 복잡하게 굴러가고 있었다.

용암지대의 최종 보스도 아닌 첫 번째 에픽 몬스터를 상대로, 더 이상 고전하는 것은 용납할 수 없기 때문이었다.

'물 속성의 마법사가 없는 이상, 어차피 토르의 망치질을 활용한 공격이 아니라면 답이 없어.'

지금 활용할 수 있는 여러 가지 방법들이 이안의 머릿속을 스치고 지나갔지만, 결국 결론은 하나로 귀결되었다.

어떻게든 한순간에 모든 공격력을 집중시켜서, 녀석을 삭제시켜야만 하는 것.

하지만 아무리 계산해도 딜이 모자라는 것을 확인하자, 이안은 레미르에게 물어보았다.

"레미르 누나, 혹시 물 속성 공격 마법 중에 배워 놓은 거 있어?"

"배워 놓고 싶어도, 내 클래스 특성상 화염 속성 이외의 공격 마법은 배울 수가 없어."

"역시 그렇군."

"유틸 계열 마법이라면 몰라도."

"유틸……?"

"왜 있잖아. 안티 아쿠아Anti Aqua 같은 마법들."

안티 아쿠아는, 물 속성의 피해를 줄여 주는 버프 계열의 속성 마법이다.

그리고 클래스 특성상 물 속성의 마법에 약한 레미르로서는, 필수적으로 배워 놓아야 했던 마법이기도 하였다.

'안티 아쿠아는 지금 상황에서 의미 없고, 다른 유틸 마법 뭐 없으려나?'

레미르의 말을 들은 이안의 머릿속이 다시 빠르게 회전하기 시작하였다.

그리고 다음 순간.

"아……!"

뭔가를 떠올린 이안이, 레미르를 향해 다급한 목소리로 물었다.

"그럼 누나!"

"응?"

"속성 부여 마법은 가지고 있지?"

"속성 부여?"

"응. 수속 부여 마법 말하는 거야."

속성 부여 마법은, 마법사들이 파티 플레이를 할 때 종종 사용하는 마법이었다.

궁사나 전사와 같이 무속성 딜러들과 함께 파티 플레이를 할 때, 그들의 무기에 속성을 부여하여 상성 이득을 볼 수 있게 만들어 주는 마법인 것.

다만 지금까지 이안 일행이 속성 부여를 생각지 않고 있었던 이유는, 유신 외에 속성 부여 효과를 볼 수 있는 딜러가 없기 때문이었다.

속성 부여는 원소 속성을 갖지 않은 대상에만 부여가 가능한 마법이었고, 이안 파티에서 유신을 제외한 다른 딜러들은 모두 마법사였으니 말이다.

이안의 소환수들조차 제각각 나름의 속성을 가지고 있는 데다, 이안의 서리단검 또한 '얼음' 계열의 속성을 가지고 있었으니 속성 부여를 활용할 생각조차 해 보지 않은 것이 었다.

"당연히 가지고 있지. 마법사로 전직하면 가장 먼저 배우는 마법인데."

그리고 레미르의 대답을 들은 순간, 해답을 찾은 이안이 두 주먹을 불끈 쥐었다.

"됐어……! 이거면 충분해!"

뜬금없는 이안의 외침에, 동시에 쏟아지는 파티원들의 시선.

"뭔데, 형."

"저 괴물, 잡을 방법이라도 생긴 거야?"

유신과 훈이의 물음에 곧바로 고개를 끄덕인 이안은, 마지막으로 한 번 더 머릿속을 정리하였다.

'무생물 타입으로 인한 공격력 뻥튀기에 속성 버프까지 곱연산으로 작용되면, 5만이 아니라 10만 대미지도 충분히 때려 박을 수 있어.'

토르의 망치는, 무생물 타입에 막대한 피해를 입힐 수 있는 '공성' 타입이다.

또, 그와 동시에 아무런 원소 속성을 갖지 않는 무속성이 기도 하였다.

그리고 이안의 생각이 맞다면, 무속성인 토르에게도 수속성 부여는 가능할 것이었다.

타탓-!

골렘을 향해 뛰어오른 이안은, 동시다발적으로 오더를 내리기 시작하였다.

"헤르스, 어그로 좀 끌어 줘!"

"알겠어!"

"유신이랑 레비아 님은 토르한테 버프 좀 몰아 주세요!"

"토르 아직 소환 안 하셨잖아요?"

"지금 바로 할 겁니다."

"훈이는 10초 뒤에 방어력 디버프 캐스팅하고."

"오케이!"

"레미르 누나는 내가 신호하면 토르한테 속성 부여 좀 걸어 줘."

"그럴게."

까망이를 타고 라바 골렘의 머리 위로 솟아오른 이안은, 헤르스가 어그로를 끈 틈을 타 녀석의 등 뒤로 뛰어내렸다.

불 속성인 화염시의 대미지는 어차피 박히지도 않을뿐더러, 사정거리가 짧은 단검 공격은 시도도 할 수 없는 상황이었으니 직접 딜을 넣는 것은 미련 없이 포기하였다.

'자, 토르, 너만 믿는다!'

그리고 이안의 손이 파랗게 빛난 바로 그 순간.

−소환수 '토르'를 소환하셨습니다.

−파티원 '레비아'의 고유 능력 '아리아의 축복'이 발동합니다.

−소환수 '토르'의 공격력이 10초 동안 45퍼센트만큼 강력해집니다.

−소환수 '토르'의 방어력이 10초 동안 20퍼센트만큼 감소합니다.

−파티원 '유신'의 고유 능력 '전사의 분노'가 발동합니다.

−소환수 '토르'의 공격력이 3분 동안 15퍼센트만큼 증가합니다.

−소환수 '토르'의 공격 속도가 3분 동안 30퍼센트만큼 증가합니다.

소환된 토르의 머리 위로 파티원들의 버프가 쏟아지다시
피 발동되었고…….

"레미르 누나!"

"알겠어!"

마지막으로 레미르의 속성 부여 마법이 시전됨과 동시에,
토르의 거대한 망치가 허공으로 부웅 하고 치켜 올라갔다.

−소환수 '토르'가 고유 능력 '파괴의 망치질'을 발동합니다.

−파티원 '레미르'가 '속성 부여' 마법을 발동하였습니다.

−소환수 '토르'의 속성이 '물' 속성으로 바뀌었습니다.

수도 없이 합을 맞춰온 최고의 랭커들답게, 이안의 오더에
한 치 오차도 없는 그림을 만들어 낸 로터스의 팀원들.

부우웅−!

이어서 라바 골렘과 비교해도 전혀 덩치가 꿀리지 않는 토

르의 망치가 그대로 떨어져 내렸고…….

꽈꽈쾅–!

속성부여로 인해 파랗게 빛나는 토르의 망치는, 골렘의 머리통을 무자비하게 분쇄하였다.

–소환수 '토르'가 '자이언트 라바 골렘'에 치명적인 피해를 입혔습니다!

–'자이언트 라바 골렘'의 내구도가 9,750만큼 감소합니다!

–'무생물'을 공격하였으므로, 추가 피해가 발동합니다.

–'자이언트 라바 골렘'의 내구도가 27,350만큼 감소합니다!

–'화염' 속성의 대상을 공격하였으므로 추가 피해가 발동합니다.

–'자이언트 라바 골렘'의 내구도가 68,375만큼 감소합니다!

그리고 그것으로, 답이 없는 듯 보였던 라바 골렘은 허무하게 무릎을 꿇고 말았다.

물론 이 한 방에 처치된 것은 아니었지만, 이어진 후속 공격들로 충분히 마무리할 수 있었으니 말이었다.

띠링–!

–영웅 등급의 에픽 몬스터 '자이언트 라바 골렘'을 성공적으로 처치하였습니다!

–경험치를 12,500만큼 획득합니다.

–차원 코인을 3,750코인만큼 획득하였습니다.

……후략……

아이템과는 별개로, 파티원 모두에게 지급되는 코인만 3천 단위가 넘는 수준의 어마어마한 보상.

"됐어!"

"크, 이렇게 쉽게 잡을 수 있는 방법이 있었다니!"

보상을 확인한 파티원은 모두 감격에 겨운 표정이 되었고, 빠르게 획득한 아이템들을 확인하기 시작하였다.

하지만 그들 중, 가장 큰 보람을 느끼고 있는 것은 다름 아닌 이안이었다.

"……!"

에픽 몬스터 처치에 가장 큰 공헌을 한 이안에게 기대했던 '특별한' 아이템이 지급되었기 때문이다.

–영웅(초월) 등급의 아이템 '용암의 망토'를 획득하였습니다.

그리고 아이템의 정보 창을 확인한 이안의 입꼬리가 저도 모르는 사이 씰룩거렸다.

까만 바탕에 타오르는 듯한 붉은 문양이 새겨져 있는, 한 눈에 보아도 고급 장비임을 알 수 있는 용암의 망토.

그것을 착용한 이안은 신들리기라도 한 것처럼 용암지대를 들쑤시고 다니기 시작하였다.

마치 평범한 필드의 몬스터들을 상대하기라도 하듯 수월하게 말이다.

–몬스터 '라바 스폰'을 성공적으로 처치하였습니다!

－경험치를 420만큼 획득합니다.

－550차원코인을 획득하였습니다.

－몬스터 '라바 스퀴드Lava Squid'를 성공적으로 처치하였습니다!

－경험치를 710만큼 획득합니다.

－890차원코인을 획득하였습니다.

……후략……

가장 기본 몬스터인 라바 스폰부터 시작해서 용암을 먹물처럼 뿜어내는 탓에 상대하기 무척이나 까다로운 몬스터인 라바 스퀴드까지.

그리고 이렇게 사냥이 수월해진 이유는, 당연히 등에 걸치고 있는 '용암의 망토' 덕분이었다.

용암의 망토

분류 : 망토　　　　　　　　　　등급 : 영웅 (초월)

착용 제한 : 없음　　　　　　　　방어력 : +537

내구도 : 무한(영웅의 협곡 전투가 끝날 시 파괴됨)

옵션 : 모든 전투 능력 +50(초월)

　　　공격력 +10퍼센트

　　　피해 흡수 +15퍼센트

　　　모든 종류의 물리/마법 공격력+5퍼센트

　　　모든 화염 속성 공격의 위력 +10퍼센트

　　　모든 화염 속성 피해 30퍼센트 무효화

*용암지대

다가오는 적들에게 강력한 열기를 내뿜어 지속적으로 화염 피해를 입힙니다.

0.3초당 330만큼의 화염 피해를 입히며, 낮은 확률로 대상을 '화상' 상태에 빠지게 만듭니다.

'화상' 상태에 빠진 적에게는, 용암지대의 피해량이 2배로 적용됩니다.

*유저 '이안'에게 귀속된 아이템입니다.

다른 유저에게 양도하거나 팔 수 없으며 캐릭터가 죽더라도 드롭되지 않습니다.

*'용암지대' 세트 아이템입니다.

두 파츠 이상의 세트 아이템을 동시에 착용할 때마다, 강력한 옵션이 추가됩니다.

2세트 효과

－모든 '용암지대' 장비의 성능 +10퍼센트 (부가 옵션에는 적용되지 않습니다.)

3세트 효과

－모든 화염 속성 공격의 위력이 20퍼센트만큼 추가로 상승합니다.

－모든 화염 속성 피해를 20퍼센트만큼 추가로 무효화합니다.

4세트 효과

－모든 화염 속성 공격의 위력이 30퍼센트만큼 추가로 상승합니다.

－모든 화염 속성 피해를 30퍼센트만큼 추가로 무효화합니다.

5세트 효과

－화염 저항 능력치가 50퍼센트만큼 증가합니다.

－모든 화염 속성 공격의 치명타 피해량이 50퍼센트만큼 증가합니다.

영웅의 협곡을 평정했던 고대의 영웅이 사용하던 망토로, 오랜 시간 용암지대의 열기를 받아 탄생한 강력한 장비입니다.

용암의 장비들을 전부 모을 수만 있다면, 용암지대 어딘가에 웅크리고 있는 '라바 드래곤'을 처치하는 것도 불가능한 일은 아닐 것입니다.

용암의 망토는, 지금껏 이 영웅의 협곡에서 보아 온 어떤 장비보다도 화려한 스펙을 자랑한다.

처음 등장한 영웅(초월) 등급의 장비인 만큼, 그 값어치를 제대로 하는 것이다.

하지만 아무리 장비의 퀄리티가 높다고 한들, 망토 하나 착용했다고 하여 전투력이 배 이상 강해질 수는 없는 것.

이안의 용암지대 사냥이 수월해진 것은 단지 전투력이 강해졌기 때문이 아니었다.

전체적인 스펙의 증가보다는 '화염 속성 피해 감소'라는 옵션의 영향이 가장 크다고 할 수 있었다.

이 망토를 착용함으로 인해, 모든 화염속성의 피해를 어마어마하게 감소시킬 수 있었으니 말이다.

"레미르 누나, 화염 저항 끝나 가!"

"알겠어! 이그라트 아머!"

화르륵-!

-파티원 '레미르'의 마법, '이그라트 아머'가 발동합니다.

-지금부터 3분 동안, 모든 화염 피해를 15퍼센트만큼 무효화시킵니다.

-지금부터 3분 동안, 화염 저항 능력치가 20퍼센트만큼 증가합니다.

화염 저항과 화염 피해 무효화 옵션은 언뜻 보기엔 비슷할지 몰라도 각기 다른 옵션이었다.

예를 들어 20퍼센트의 화염 저항을 가지고 있는 유저가 100만큼의 위력을 가진 화염 공격에 피격당했다고 가정한다면, 먼저 화염 저항이 적용되어 80만큼의 대미지가 들어오게 된다.

그런데 만약 여기에 화염 피해 무효화 옵션을 추가로 50퍼센트만큼 가지고 있다면, 이 80의 대미지 중 절반을 다시 흡수해 버리는 시스템인 것이다.

해서 이안은, 레미르의 '이그라트 아머' 효과에 '용암의 망토' 부가 옵션을 중첩시켜, 화염 대미지를 최소화시킬 수 있었던 것이고 말이다.

'크, 이거 진짜 대미지 감소 체감 엄청나네.'

이안의 현재 화염 저항과 화염 무효화 세팅은 각각 20퍼센트와 45퍼센트.

이안에게 만약 100의 화염 대미지가 들어온다면, 고작 36의 피해밖에 들어오지 않는 것이라 할 수 있었다.

'이거 용암 세트 싹 다 모을 수만 있으면, 진짜 용암 위에서 수영해도 되겠어.'

만약 이안이 5세트 효과까지 전부 다 받을 수 있다면, '이그라트 아머'를 포함해 만들어 낼 수 있는 저항과 무효화 효과는 총 70퍼센트와 95퍼센트.

거의 99퍼센트의 화염 피해를 막아 낼 수 있다는 이야기가 되는 것이다.

'게다가 화염 속성 공격력도 어마어마하게 뻥튀기되니, 화염시 한 발 한 발을 핵 화살처럼 쏠 수 있겠군.'

싱글벙글한 표정이 된 이안은 본격적으로 용암지대의 에픽 몬스터들을 이 잡듯 뒤지기 시작하였다.

정황상 에픽 몬스터들이 드롭할 고유 아이템이 이 용암 세트일 확률이 높았으니 말이다.

'이거만 다 모으면, 그대로 게임을 끝내 버릴 수 있을 듯한데…….'

세트 장비들을 전부 모으는 데 얼마나 걸릴지는 모르겠지만, 최소 세 파츠 이상의 세트를 맞춘 뒤에 전장으로 복귀할 생각이었다.

그리고 이안이 복귀하는 그때가, 이 길고 길었던 순위 결정전이 막을 내리는 순간일 것이었다.

퍼펑- 펑-!

콰아앙-!

"천군 놈들이 다가오지 못하도록, 계속해서 화염병을 터뜨려라!"

"적 영웅들이 없는 틈에 최대한 진영을 견고하게 구축해야 한다! 차원코인 닥치는 대로 부어서 타워 공격력 업그레이드 해!"

포격 소리와 병장기 부딪치는 소리.

그에 더해 여기저기서 울려 퍼지는 마족 영웅들의 외침까지.

수많은 소리들이 섞여 혼잡하기 그지없는 전장은 다름 아닌 마족 진영의 야영지였다.

"프리오니, 발할라 3층은 어떻게 되어 가지?"

"이제 곧 마무리될 겁니다, 대장. 걱정 마십시오."

"좋아, 좋아. 3층까지 열리고 나면 이제 슬슬 반격을 개시해도 되겠지."

"그렇습니다. 데빌 미노스들이 전장에 합류하기 시작하면, 천군 병사들 정도는 종잇장 찢듯이 찢어 버릴 수 있을 겁니다."

"후후, 그렇겠지. 아무리 군수물자관리소에 돈을 쏟아부었다 한들, 일반 병사가 상위 마신족 병사들을 상대해 낼 수는 없는 노릇이니까."

"그렇습니다, 대장."

"좋아, 좋아. 녀석들이 왜 아직까지 나타나지 않고 있는지는 모르겠지만, 덕분에 벌어진 차이를 거의 다 메울 수 있었군."

"크큭, 천군 녀석들, 이미 후회해도 늦었습니다."

영웅의 협곡 전투가 시작된 지도 5시간이 훌쩍 넘어 버린 이 시점.

천군 진영과 마군 진영 영웅들의 전투는 거의 1시간이 넘도록 벌어지지 않고 있었다.

최전방의 라인이 무너진 뒤, 모습을 감춰 버린 천군 영웅들은 1시간 넘게 단 한 번도 전쟁터에 모습을 드러내지 않았기 때문이었다.

하지만 그렇다고 해서 치명적인 피해를 입은 마족 영웅들이 선제 타격을 할 수 있는 상황은 아니었고, 때문에 마족 진영이 피해를 복구하는 동안 전투가 일어날 수 없었던 것이었다.

'후후, 멍청한 천군 녀석들, 무슨 바보 같은 짓을 하고 있는 건지는 모르겠지만, 이번만큼은 너희들의 판단이 틀린 것 같군.'

이전까지 마족 진영이 일방적으로 휘둘릴 수밖에 없었던 가장 큰 이유는, 후방에서 전장으로의 보급을 차단하는 이안이라는 존재 때문이었다.

이안 때문에 차원코인 수급 자체가 끊겨 버리니, 마족 진영으로서는 어찌할 방법이 없었던 것이다.

하지만 이제는 상황이 달라졌다.

사냥터와 딱 붙어 있는 야영지에 전선이 형성되었으며, 이 야영지를 이용하여 어마어마한 속도로 차원코인 파밍을 할 수 있었으니 말이다.

방어타워에 코인을 올인하고, 진영으로 몬스터들을 끌어와서 타워를 이용해 학살하는 전략.

마군 진영의 대장인 무스카는 이 전략을 이용하여 코인을 대량으로 수급해 낸 것이다.

'영웅들이 아무리 열심히 사냥을 뛰어 봐야 결국 타워들을

활용한 사냥보다 빠를 수는 없을 테지.'

때문에 지금 무스카는 이제 천군 진영과 벌어졌던 차이를 전부 메웠다고 확신하고 있었다.

그리고 마지막으로 준비 중인 발할라 3층까지 활성화되고 나면, 새로운 마신족 병사들을 필두로 반격을 시작할 생각이었다.

"앞으로 1시간……. 그 안에 녀석들의 진영을 쑥대밭으로 만들어 주도록 하지."

마치 자기 자신에게 다짐하기라도 하듯, 두 주먹을 불끈 쥔 채 낮은 목소리로 중얼거리는 무스카.

이어서 잠시 후.

띠링-!

그가 기다렸던 시스템 메시지들이, 경쾌한 알림음과 함께 드디어 눈앞에 떠올랐다.

-'발할라'의 세 번째 층을 정복하는 데 성공하였습니다.

-지금부터 차원의 홀에서 새로운 마신족 병사가 소환됩니다.

-강력한 마신족 '데빌미노스'들이 전장에 모습을 드러냅니다.

이어서 그 메시지들을 확인한 무스카는 하늘 높이 검을 치켜들며 큰 소리로 사자후를 터뜨렸다.

"전원, 돌격하라! 목표는 천군 진영의 야영지다!"

독기 어린 표정으로, 전방 멀찍이 보이는 천군 진영의 병사들을 노려보는 무스카.

누군가의 얼굴을 떠올린 무스카는 어금니를 앙다물며 속
으로 다짐하였다.

'이안이라고 했나. 네놈만은 내 손으로 꼭 묵사발을 내 주
도록 하지.'

'차원의 설원' 야영지에서부터 시작되었던 이안과의 악연.

무스카는 이안을 똑똑히 기억하고 있었다.

고작 정예병 등급으로 야영지에 난입하여 자신의 진영을
농락하였던 괘씸한 천군 진영의 병사.

이번에는 그 병사의 검에 처치당하기까지 하였으니, 무스
카의 자존심이 구겨질 대로 구겨진 것이다.

'어디에 숨어 있는지는 모르겠지만, 진영이 박살나는데도
숨어만 있을 수는 없겠지.'

쿵― 쿵―!

사나운 표정이 된 무스카는 한 걸음 한 걸음 전장을 향해
발을 뗴었다.

그리고 그의 걸음을 시작으로, 마족 진영의 영웅들은 무서
운 기세로 천군 진영의 병사들을 베어 넘겼다.

바야흐로 마군 진영의 본격적인 반격이 시작된 것이다.

파죽지세라는 말이 있다.

긴 시간 동안 야영지에 웅크린 채 힘을 쌓아 오던 마군 진영의 기세는, 그야말로 맹렬하기 그지없었다.

본래 마족이라는 종족 자체가 패도적인 성향을 띄는 종족이기는 하지만, 그것을 감안하더라도 폭발적인 에너지를 뿜어낸 것이다.

마군 야영지에서부터 천군 병사들을 밀어낸 다음 다시 최전선으로 돌아오는 데까지 걸린 시간은 고작해야 10여 분 정도.

그리고 중앙 라인에 있는 천군 진영의 타워까지 도달한 무스카는 드디어 천군 진영의 영웅들을 만날 수 있었다.

"이놈들, 겁쟁이처럼 타워 안에 숨어 있을 테냐!"

마치 팽팽하게 대치하던 전장의 초반처럼, 각자 타워 하나씩을 허깅한 채 마군 진영의 병력들을 방어하는 천군 진영의 영웅들.

못마땅한 표정으로 그들을 둘러본 무스카는 빠르게 눈알을 굴리며 뭔가를 찾기 시작하였다.

그리고 잠시 후.

"……!"

찾고자 했던 대상을 결국 찾지 못한 무스카의 표정이 와락하고 구겨져 버렸다.

'이안, 이놈은 또 어디 간 거야?'

천군 진영의 모든 영웅들 중 가장 눈엣가시 같은 녀석인 이안.

나머지 다섯 명의 천군 영웅들은 전부 발견할 수 있었는데, 또다시 이안이라는 녀석이 사라졌으니 말이었다.

"이 비겁한 녀석⋯⋯!"

이안에 대한 분노에 알 수 없는 불안감까지 더해진 무스카는, 성난 얼굴로 천군 진영을 향해 돌진하였다.

"내가 앞장서겠노라! 전군, 나를 따르라!"

"와아아!"

"무스카 장군님을 따르자!"

가장 마음에 걸리는 존재인 이안의 소재가 파악되지 않았지만, 무스카는 지체하지 않고 천군 진영의 측방을 향해 뛰어들었다.

이렇게 기세가 올랐을 때 녀석들의 방어선을 무너뜨린다면, 제아무리 이안이라 할지라도 별수가 없을 것이라고 생각한 것이다.

어디 있는지조차 알 수 없는 이안을 찾느라고 시간을 허비할 수도 없는 노릇이었으니 말이다.

쿵- 쿵- 쿵-!

커다란 방패와 묵직해 보이는 대검을 양손에 하나씩 틀어쥔 무스카는, 천군 진영의 타워를 향해 맹렬히 돌진하였다.

그리고 그 뒤를, 발할라의 마신족 병사들이 빠르게 따라붙었다.

-크워어어-!

-캬아오!

이어서 튼튼한 맷집을 앞세운 마신족 병사들이 타워의 공격을 받아 내자, 무스카는 잽싸게 타워의 지근거리까지 뛰어들어 대검을 휘두르기 시작하였다.

쿠웅- 콰아앙-!

인벤토리에 마력 폭탄을 가지고 있기는 하였지만, 무스카는 그것을 사용할 생각이 없었다.

마력 폭탄의 경우, 설치하는 데 20초 정도의 시간이 걸리기 때문이었다.

이렇게 난전인 상황에서 폭탄을 설치하는 것은 거의 불가능에 가까운 일이었다.

'그냥 때려 패도 이제 금방 부술 정도로 공격력이 높아졌고 말이지.'

무스카는 흡족한 표정으로 자신의 대검을 슬쩍 응시하였다.

그의 대검은, 차원 상인이 내어 주는 히든 퀘스트를 클리어해야만 구매가 가능한 최상급 무기였다.

상점표 아이템 중 가장 높은 등급인 '영웅(초월)' 등급의 장비인 것이다.

게다가 지금까지 전선의 경험치를 거의 다 먹었기 때문에, 레벨 또한 최대인 30레벨을 눈앞에 둔 상황이었다.

무스카의 자신감엔 충분한 이유가 있었던 것이다.

"원거리 공격수들은 타워를 먼저 점사하라! 영웅들을 쫓는데 시간 낭비하지 말고, 일단 타워부터 부수란 말이다!"

무스카는 대검을 쾅쾅 내려치면서도, 주변을 향해 계속해서 소리쳤다.

근처에 있는 천군 영웅인 헤르스가 자꾸 도발 스킬을 시전하여, 타워를 집중 공격하는 데 방해가 되었기 때문이다.

그리고 잠시 후, 첫 번째 타워가 터지기 바로 직전.

우우웅-!

헤르스의 손바닥이 파랗게 빛나면서, 부서지기 직전의 타워가 소환 해제되었다.

위잉-!

-천군 진영의 '방어 타워(A)'가 소환 해제되었습니다.

-해당 타워는 3분 뒤에 재소환이 가능합니다.

무스카는 살짝 아쉬운 마음이 들었지만, 당연히 당황하거나 하지는 않았다.

이것은 예견되어 있었던 일이었으니 말이다.

'어차피 후방에서 재소환한다 쳐도, 내구도까지 전부 복구되는 건 아니니까 말이야.'

오히려 기세가 더 오른 무스카와 마군 진영의 병력들은 다음 타워를 향해 맹렬히 뛰어들었다.

그리고 이다음부터는, 계속해서 같은 양상이었다.

천군 진영의 영웅들은 무척이나 수비적으로 플레이하였

고, E라인의 타워가 소환 해제된 것처럼 모든 라인의 타워들을 차례로 소환 해제시킨 것이다.

　—천군 진영의 '방어 타워(B)'가 소환 해제되었습니다.

　—천군 진영의 '방어 타워(C)'가 소환 해제되었습니다.

　……후략……

　처음 마군 진영에 의해 타워를 하나 잃을 때만 해도 로터스 팀원들은 소환 해제의 기능을 잘 몰랐었다.

　하지만 이제는 무척이나 능숙하게 타이밍을 조절하면서, 타워를 잃지 않고 최대한 시간을 끌어낼 수 있었다.

　"좋아, 레미르 누나, 이제 몇 분 정도 지났지?"

　"대충 20분 정도는 버틴 것 같아."

　"괜찮네. 그 정도면 충분하겠어."

　레미르와 의미를 알 수 없는 짧은 대화를 나눈 뒤, 다른 팀원들과 병사들을 인솔하여 후방으로 빠져나가는 헤르스.

　그리고 멀찍이서 그들의 모습을 발견한 무스카는 더욱 찝찝한 기분이 들기 시작하였다.

　'저놈들, 대체 무슨 꿍꿍이인 거지?'

　무스카가 생각하기에는, 분명 자신의 계획대로 착착 진행되고 있었다.

　이안이 없어서 그런지 몰라도, 오히려 최전방 라인을 미는 작업을 더 수월하고 빠른 시간 안에 해낸 것이다.

　하지만 무스카는 불안할 수밖에 없었다.

첫째로, 아직도 이안이 나타나지 않고 있었으며.

둘째로, 천군 진영 영웅들의 표정에 여유가 넘쳐 보였기 때문이었다.

'이놈들이…… 허세를 부리는 것인가.'

하지만 사실이 어찌 되었든, 무스카에게 선택지는 단 하나뿐이었다.

이미 칼은 뽑아 들었으니, 최대한 빨리 적들을 베어 넘기는 것.

그 이상의 선택지는 사실상 없다고 할 수 있었다.

"놈들의 뒤를 쫓아라! 야영지에 다시 진영을 구축하기 전에 싹 밀어 버려야만 한다!"

지금 마군 진영의 병력은 무척이나 강력하다.

하지만 그렇다고 해도 야영지에 제대로 된 방어진이 구축되면 골치 아파진다.

생명의 샘 주변으로 세팅된 강력한 방어 타워들이 얼마나 까다로운지는, 누구보다도 무스카가 가장 잘 알고 있었으니 말이었다.

때문에 기동성 좋은 영웅들을 중심으로, 최대한 빠르게 천군 야영지를 향해 달리는 마군의 병력들.

특히 집채만 한 도끼를 휘둘러 대는 마신족 병사 '데빌 미노스'의 위용은, 그야말로 압도적인 것이라 할 수 있었다.

쿵- 쿠쿵- 쿵-!

"야영지만 밀어 버리면 차원의 홀까지는 순식간이야!"

"다들 빨리빨리 움직이지 못해?"

그러나 잠시 후.

"······!"

기세등등하게 진격하던 마군 진영의 병력들은 야영지를 목전에 남겨 두고 자리에서 멈출 수밖에 없었다.

야영지에 도달하기 전, 다섯 곳의 보급로가 이어지는 지점.

생각지도 못했던 광경이 그들의 눈앞에 펼쳐졌으니 말이었다.

영웅의 협곡에 존재하는 것들 중 생산성 콘텐츠를 지닌 모든 건물들은, '차원코인'을 활용해서 업그레이드하는 것이 가능하다.

하지만 그 티어가 높아질수록 업그레이드에 필요한 차원코인이 기하급수적으로 증가하기 때문에, 사실상 한 경기에서 모든 건물들을 전부 업그레이드하는 것은 불가능한 일이라고 할 수 있었다.

때문에 로터스 팀은, 용암지대에서 번 코인들을 전부 군수물자 관리소에 올인하기로 결정하였다.

"난 여기서 파밍 좀 더 하고 돌아갈게. 다들 이제 슬슬 먼저 돌아가 있어."

"혼자…… 괜찮겠어?"

"한 세트만 더 모으면 용암 셋이야. 이제 화염 대미지는 간지러운 수준이라고."

"이제 슬슬 마군 녀석들이 반격할 때가 되었으니, 너무 오래 파밍하지는 마세요, 이안님."

"예, 레비아 님. 걱정 마세요. 한 20~30분 안에 아이템 못 먹으면, 곧바로 돌아갈 테니까요."

용암지대에서 1시간이 넘도록 사냥한 로터스의 팀원은, 이안만을 남겨 두고 전부 야영지로 복귀하였다.

슬슬 마군 진영의 반격에 대비하기 위해 한발 일찍 복귀한 것이다.

그리고 야영지에 도착한 일행들은, 사전에 논의했던 대로 용암지대에서 벌어들인 모든 코인을 군수물자 관리소에 쏟아 넣었다.

그러자 그 결과, 군수물자 관리소를 최종 티어까지 업그레이드 할 수 있었고…….

띠링-!

-'군수물자 관리소' 건물의 모든 업그레이드를 완료하였습니다.

-'군수물자 관리소' 건물이 3티어가 되었습니다.

-지금부터 차원의 홀에서 새로운 병과인 '기마병'이 생산됩니다.

-더 이상의 업그레이드는 불가능합니다.

최종 티어 업으로 인해 새로 생성된 병과인 '기마병'은, 코인을 쏟아 넣은 보람이 있을 정도로 강력한 성능을 가지고 있었다.

"기마병이라……. 이안이 말대로, 확실히 여기 올인하길 잘한 것 같네."

"그러게. 스탯 보니까 그 마족 진영의 마신족 병사들과 비교해도 꿀리지 않겠어."

하지만 여기에서 끝이 아니었다.

더 이상 업그레이드가 불가능하다는 메시지가 떠오르고 난 잠시 후.

생각지도 못했던 방식의 새로운 콘텐츠가 오픈되었으니 말이었다.

-'군수물자 관리소'가 최종 티어까지 업그레이드되어, 새로운 기능이 오픈됩니다.

-지금부터 '군수물자 관리소'에서 '차원코인'을 소모하여, '차원 기병'을 생산할 수 있습니다.

지금까지 이 영웅의 협곡 모든 병사들은 '차원의 홀'을 통해 지속적으로 소환되는 병사들이 전부였다.

한데 군수물자 관리소가 최종 티어에 도달하자, 코인을 활용하여 병사를 생산할 수 있는 완전히 다른 개념의 방식이 만들어진 것이다.

게다가 최종 티어에서만 생산 가능한 병사인 만큼 '차원기 병'의 스펙은 그야말로 어마어마한 수준이었던 것.

"한 기 뽑는 데 8천 코인이라……. 비싸기는 하지만 충분히 돈값하겠는데?"

"이거 두 기 정도 모이면, 영웅도 상대해 볼 수 있을 만큼 강력하겠어."

그리고 이 '차원 기병' 콘텐츠의 가장 큰 장점은, 홀에서 소환된 다른 병사들과 달리 영웅들이 직접 명령을 내릴 수 있다는 점이었다.

쉽게 말해, 일정 수준의 컨트롤이 가능하다는 것이다.

−8,000만큼의 차원코인을 소모합니다.

−특수병과 '차원 기병' 병사를 생산하였습니다.

−특수병과 '차원 기병' 병사를 생산하였습니다.

……후략……

그리하여 로터스 팀원들이 남은 돈으로 생산해 낸 차원기병은 총 일곱 기 정도.

헤르스는 머리를 굴려 이 고급 병력을 어떻게 활용할지 결정하였고, 나머지 팀원들도 모두 그 생각에 동의하였다.

"차원 기병은 최대한 아껴야겠어."

"헤르스 말에 동의해. 이 친구들은 후방에 아껴 두었다가 이안이 도착해서 본격적으로 싸울 때 투입하자고."

"나도 찬성! 거의 일만 코인 가깝게 들여야 뽑을 수 있는데, 비명횡사라도 하면 마음이 너무 아플 거야."

그리고 그 결과.

마군 진영의 역습이 시작되었을 때도, 차원 기병들은 야영지에 남게 되었다.

헤르스를 비롯한 천군 진영의 영웅들만이 전방에 나가서, 최대한 시간을 끌며 버티기 작전을 펼친 것이다.

어차피 이안이 도착할 때까진 시간 끄는 것이 주된 목적이었고, 히든카드를 벌써부터 보여 줄 필요는 없었으니 말이다.

하여 최전방 라인의 타워를 전부 회수하고 야영지의 앞에 다시 진영을 구축한 지금, 천군 진영 병력의 위용은 그야말로 압도적인 것이었다.

"차, 차원 기병이라니. 어떻게 벌써……?"

천군 진영의 선두에 늠름하게 둘러서 있는 일곱 기의 차원 기병.

그것들을 발견한 무스카의 동공이 가늘게 떨리기 시작하였다.

하지만 무스카의 놀람은 거기서 끝나지 않았다.

저벅- 저벅- 저벅-!

양옆으로 갈라진 천군 진영의 병력들 사이로, 새카만 흑기린을 탄 그림자 하나가 천천히 걸어 나왔으니 말이다.

히이이잉-!

그의 정체는 당연히 시뻘건 용암의 장비들을 몸에 두른

이안.

이어서 이안의 뒤쪽으로, 다섯 기의 차원기병들이 추가로 모습을 드러내었다.

척-!

무스카로서는 지금껏 단 한 번도 상상조차 하지 못했던 그림이 펼쳐진 것이었다.

무스카를 비롯한 마군 진영의 영웅들은, 분명 빠른 속도로 성장하며 갭을 메우는 데 노력하였다.

야영지 진영의 타워들을 이용하면서 경험치와 차원코인을 최대한 효율적으로 파밍하였으니 말이다.

하지만 타워의 공격력을 활용해 아무리 빠르게 몬스터들을 파밍한다고 한들 자원이 쌓이는 속도에는 한계가 있을 수밖에 없었다.

진영까지 풀링하여 끌어올 수 있는 몬스터들의 한계는 결국 야영지와 멀지 않은 사냥터가 전부였고, 그 사냥터들의 평균 레벨은 높아야 15~20수준이었던 것이다.

반면에 이안과 로터스 팀원들이 향했던 화산지대는 어떠한가.

기본 몬스터인 라바 스폰들의 레벨부터가 25레벨을 훌쩍 넘는 데다, 어지간한 에픽 몬스터들의 레벨은 거의 28~29에 수렴한다.

이안 일행이 한 마리를 처치할 때 마군 진영에서 다섯 마리 이상을 처치해야, 자원 파밍 속도를 따라갈 수 있는 수준인 것이다.

게다가 더 큰 문제는, 몬스터를 통한 파밍이 비단 차원코인에 한정되어 있는 것이 아니라는 점이었다.

고레벨 사냥터에서 사냥하는 가장 큰 이유인 고급 아이템 파밍.

1시간 동안 이뤄진 용암지대의 사냥은 용암 세트를 네 피스나 맞춘 이안은 차치하더라도, 다른 로터스의 영웅들도 유일 등급 이상의 아이템들로 풀 세팅을 할 수 있게 만들어 준 것이다.

물론 지금 마족 진영의 영웅들이 착용한 아이템들 또한, 거의 유일등급 이상의 고가 아이템이기는 하였다.

하지만 가장 큰 차이점은 로터스 팀이 착용한 아이템들은 돈 한 푼 들이지 않고 몬스터로부터 획득한 아이템이라면, 마족 영웅들의 아이템은 거금을 들여 매입한 차원 상점표 아이템이라는 것.

같은 유일 등급이라도 상점표 아이템의 성능이 살짝 떨어질 수밖에 없는 것이다.

게다가 로터스 팀원은 아이템을 사는 데 돈을 한푼도 들이

지 않았으니, 그 돈들은 전부 어디로 갔겠는가?

그 결과물이 바로, 전장에 나타난 열두 기의 차원기병이라고 할 수 있었다.

"차원기병이라니……!"

"저놈들을 어떻게 상대해?"

"으아아!"

마족 진영의 일반 병사들은, 천군 진영의 차원 기병을 발견하고는 동요하였다.

하지만 무스카를 비롯한 마족 진영의 영웅들은 침착함을 유지하기 위해 애를 쓰기 시작하였다.

무스카는 놀란 표정을 가까스로 숨기고는, 진영을 독려하며 낮은 목소리로 입을 열었다.

"걱정할 것 없다, 제군들. 놈들은 단지 모든 자원을 차원 기병에 쏟아 부었을 뿐. 나머지 전력 면에서는 우리가 우세할 것이다."

그리고 그 말을 들은 나머지 영웅들은, 고개를 끄덕이며 마음을 다잡았다.

"그래, 차원 기병이 벌써 뽑혔다는 건 확실히 대단한 일이야. 하지만 거기에 돈을 다 쓰느라 제대로 장비를 못 맞췄을 거야."

"영웅들의 레벨을 보니, 하루 종일 파밍만 한 게 티가 나네. 평균 레벨이 25 정도밖에 되질 않잖아?"

"맞아. 평균 레벨은 우리가 2~3레벨 이상 높아."

어느 정도 자신감을 찾은 마군 진영의 영웅들은 전열을 가다듬은 뒤 다시 투지를 불태웠다.

그리고 그렇게 잠시 동안의 소강상태가 지나간 뒤······.

"전군, 돌격하라!"

"와아아!"

마군 진영과 천군 진영의 병력들이 서로를 향해 일제히 돌격하기 시작하였다.

그리고 그것은 그야말로 장관이라 할 수 있는 광경이었다.

-드디어 천군 진영과 마군 진영의 대대적인 전투가 시작됩니다!

-오래 기다리셨습니다, 여러분! 이제 이 전투의 승자가 아주 높은 확률로 이 경기의 승리를 가져가겠지요!

-하하, 확실히 이 전투가 시작되기까지 제법 오래 기다리기는 했습니다만, 그래도 저는 전혀 지루하지 않았습니다.

-하기사 그것도 그러네요. 로터스 팀원들이 용암지대를 공략하는 1시간 동안에도, 볼거리는 충분히 많았으니 말입니다.

어둡고 조용한 거실에 울려 퍼지는 두 남녀의 쾌활한 목소리.

해설자 하인스와 루시아의 목소리가 울려 퍼지는 거실의

소파에는, 지금까지 거의 6시간 동안 한 번도 자리를 벗어나지 않은 나지찬이 앉아 있었다.

"뭐, 보나마나 뻔한 결과가 나오겠지만, 그래도 끝까지 시청해 주는 게 예의려나?"

LB사 기획 팀의 핵심 멤버 중 한 사람으로서, 영웅의 협곡 전장에 대해 누구보다 빠삭하게 알고 있는 인물인 나지찬.

그는 이미 오래 전부터, 로터스 팀의 승리를 예상하고 있었다.

다만 승패와 관계없이 이 전장 그 자체를 지켜보는 것만으로도 충분한 재미가 있었기에, 한 번도 자리를 뜨지 않고 TV를 시청하는 중인 것이었다.

─그런데 하인스 님.

─네, 말씀하세요, 루시아 님.

─저는 사실 한 가지 이해되지 않는 부분이 있어요.

─어떤 부분인가요?

─로터스 팀에서 왜 굳이 최전방을 내어 주고 야영지의 앞까지 후퇴했는지, 잘 이해가 가질 않거든요.

─최전방을 내어 준 것은 이안이 올 때까지 시간을 끌기 위해서 어쩔 수 없었던 선택 아닐까요?

─뭐, 겉으로는 그렇게 보이기는 했는데……. 생각할수록 이상한 점들이 보여서 말이에요.

─이상한 점들이라면, 어떤……?

-사실상 이안은 10분도 더 전에 진영으로 복귀할 수 있는 시간적인 여유가 있었던 말이죠. 네 번째 용암 세트를 얻고 난 뒤에 말이에요.

-그……렇긴 하죠.

-게다가 차원기병 일곱 기까지 처음부터 최전방에서 싸웠더라면, 한 기 정도 잃을 수도 있었을진 몰라도 이안이 올 때까지 충분히 전방 라인을 사수할 수 있을 것 같아서 말이에요.

-음, 들어 보니 루시아 님의 말씀도 일리가 있기는 하네요. 하지만 로터스 팀은 조금 더 안정적으로 전력을 가다듬기 위한 선택을 했던 것이 아닐까요?

-아하, 그럴 수도 있겠군요.

하인스와 루시아는 여느 때처럼 의견을 주고받으며, 시청자들의 공감을 이끌어 내는 방식으로 능숙하게 해설을 진행하였다.

그리고 기획자인 나지찬은 그 해설을 듣는 것에서도 쏠쏠한 재미를 느끼고 있었다.

자신이 참여하여 기획한 콘텐츠를 게이머들이 어디까지 이해하고 어떤 식으로 받아들이는지 느낄 수 있기 때문이었다.

"후후, 그럴듯한 해석이지만 이번에는 하인스의 생각이 짧았어."

해설을 듣던 나지찬은 기분 좋은 웃음을 지으며 화면을 향해 시선을 고정시켰다.

하인스와 루시아는 대부분 맞는 해설을 하였지만 방금처

럼 헛다리를 짚을 때도 있었는데, 이럴 때 허점을 짚어 내는 것이 나지찬의 입장에선 은근히 재미있었으니 말이다.

'이안의 전략이 뛰어난 걸까, 아니면 해설자들의 이해도가 부족한 걸까. 아무래도 전자 쪽에 가까운 것 같기는 하지만……'

나지찬이 보기에 이안과 로터스가 최전방의 전장을 포기한 것은, '안정적인 진영을 구축하기 위해서' 따위의 일차원적인 이유가 아니었다.

그들은 마족 진영을 완전히 궤멸시키기 위해 일부러 천군 진영 깊숙한 곳까지 그들의 병력을 끌어들인 것이었다.

'루시아의 말처럼, 로터스에서 마음만 먹었으면 분명히 최전방의 방어 라인에서 버텨 낼 수도 있었어. 다만 그렇게 진행됐다면, 마군 진영의 영웅들은 패배한 뒤 또다시 자신들의 야영지로 숨어 버렸겠지.'

최전방에서 야영지까지의 거리가 가까운 편은 아니었지만, 영웅들이 마음먹고 도주한다면 충분히 도망갈 수 있을 만한 거리다.

때문에 마족 영웅들이 패색이 짙어지는 것을 감지한다면, 금방 말머리를 돌려 퇴각할 수도 있는 것이다.

하지만 지금처럼, 이미 천군 진영의 깊숙한 곳까지 들어와 버렸을 때에는 이야기가 달라진다.

만일 말 머리를 돌려 퇴각을 시도한다 하더라도, 마군 진

영의 야영지까지 도달하는 동안 거의 다 궤멸당할 테니 말이
었다.

"용암 4세트를 둘둘 두르고 나타난 이안이라……. 어떤 미
친 플레이를 보여 줄지 기대되는군."

스크린에 고정된 나지찬의 두 눈이 반짝이기 시작하였다.

사실상 모든 결과가 정해지다시피 한 지금.

이 전투에서 나지찬이 기대하는 것은 이안과 로터스 랭커
들의 슈퍼 플레이뿐이었다.

마군 진영의 영웅들은, 본능적으로 하나의 사실을 느끼고
있었다.

'이번 전투에서 패배하면, 그대로 끝이다.'

때문에 그 어느 때보다 필사적으로 천군 병사들을 향해 무
기를 휘둘렀고, 치열하게 전투에 임하였다.

하지만 그 투지와 기백은 그리 오래 이어질 수 없었다.

웬 활을 든 인물 하나가 전장에 난입한 순간, 진영 자체가
붕괴되기 시작했기 때문이었다.

"마군 진영 친구들은 왜 이렇게 가난한 거야? 왜 다들 누
더기를 입고 있어?"

전장 한복판에 나타나서는, 얄미운 목소리로 이죽거리며

순식간에 주변의 마족 병사들을 쑥대밭으로 만들어 버리는 이안.

그것을 확인한 무스카는, 두 눈을 의심할 수밖에 없었다.

'저 미친놈은 우리를 능욕하고 싶은 것인가. 어째서 활을 들고 근접전을 벌이고 있는 거야?'

무스카를 비롯한 마군 영웅들이 당황한 이유는, 그저 이안의 강함 때문이 아니었다.

상식을 파괴해 버리는 전투 방식을 보여 주는 이안의 모습이, 너무도 충격적이었던 것이다.

분명히 '활'이라는 대표적인 원거리 무기를 들었음에도 불구하고, 전장의 한복판에 뛰어들어 싸우고 있었으니 말이다.

피핑- 핑-!

퍼퍼퍽-!

초 근거리에서 연속하여 활시위를 당기는 것은 물론, 아예 화살촉을 무기처럼 집어 들어 직접 병사의 등짝에 박아 넣기도 하는 이안!

게다가 이런 비상식적인 행보를 보여 줌에도 불구하고, 마족 진영의 병사들은 추풍낙엽처럼 찢겨 나가고 있었다.

일단 이안의 주변에 가면 정체를 알 수 없는 강력한 화염 대미지가 들어오기 시작하였으며…….

치이익-!

-강력한 용암의 힘이 느껴집니다!

－생명력이 394만큼 감소합니다!

－생명력이 327만큼 감소합니다!

－생명력이 402만큼 감소합니다!

……후략……

맷집 하나만큼은 어지간한 영웅보다도 튼튼한 마신족 병사 '데빌 미노스'마저도 화살 몇 방에 머리를 꿰뚫리면서 그대로 전사해 버렸으니 말이다.

－마신족 병사 '데빌 미노스'가 천군 진영의 영웅, '이안'으로부터 치명적인 피해를 입었습니다!

－'데빌 미노스'의 생명력이 1,530만큼 감소합니다!

－용암의 기운에 의해, 화염 피해가 증폭됩니다!

－강력한 화염 피해를 입었습니다!

－'데빌 미노스'의 생명력이 2,798만큼 감소합니다!

－'데빌 미노스'의 생명력이 5,928만큼 감소합니다!

……후략……

고작 불화살에 불과한 평범한 공격이라고는 믿을 수 없는, 두 눈으로 보고도 의심하게 되는 어마어마한 수준의 파괴력.

"이게 뭐야?"

"이 말도 안 되는 공격력은 대체 뭔데?"

당황한 마족 영웅들은 진영 한복판에 홀로 뛰어든 이안을 빠르게 점사하여 우선적으로 제거할 생각도 해 보았다.

하지만 그것조차 쉽지 않은 일이라는 사실을 깨닫는 데에는, 그리 오랜 시간이 걸리지 않았다.

    퍼엉-!

    -천군 진영의 영웅 '이안'이 고유 능력 '용암의 장막'을 발동합니다.

    -'화염 폭발'의 위력이 70퍼센트만큼 감소합니다.

    -'이안'의 생명력이 2만큼 감소하였습니다.

    "뭐라고?"

    "숫자 잘못 본 거 아니지?"

    -마군 진영의 마법사 '프리오니'가 고유 능력 '메테오 스톰'을 발동하였습니다.

    -천군 진영의 영웅 '이안'에게 치명적인 피해를 입혔습니다!

    -대상의 '화염 저항력'으로 인해 마법의 위력이 감소합니다.

    -대상의 '화염 피해 무효화' 능력으로 인해 일부 마력이 소멸됩니다.

    -'이안'의 생명력이 17만큼 감소하였습니다.

    "미친……!"

    "이건 사기야!"

    물론 화염 속성이 아닌 공격을 성공시킨다면, 아무리 이안이라고 해도 제법 의미 있는 수준의 대미지가 들어간다.

    이안의 장비가 아무리 좋다고 한들, 마족 진영 영웅들의 무기도 기본 이상은 되었으니 말이다.

    하지만 애초에 이안이 화염 속성이 아닌 공격들을 잘 맞아 주지도 않았으며, 겨우겨우 생명력이 조금 닳았다 싶으면 여지없이 후방에서 회복 마법이 들어왔다.

"리커버리!"

–천군 진영의 영웅 '이안'의 생명력이 7,598만큼 회복되었습니다.

"흐으아아!"

이쯤 되자 마군 진영의 영웅들은 전의를 상실할 수밖에 없었다.

상대해야 할 영웅이 이안뿐인 것도 아니었으며, 사방에서는 영웅 못지않게 강력한 열두 기의 차원기병들이 활개치고 있었으니 싸움이 지속되려야 지속될 수가 없는 것이다.

"전군 후퇴! 후퇴하라!"

"야영지로 돌아가 진영을 정비하라!"

결국 마군진영의 대장 무스카의 입에서 다급하게 흘러나온 퇴각 명령.

하지만 이미 파멸이 도래한 이 전장에, 퇴각명령 따위가 의미 있을 리 없었다.

다만 어느새 그의 앞에 나타난 이안의 웃는 얼굴이, 그를 반기고 있을 뿐이었다.

"반갑네 친구. 드디어 세 번째 만남이군."

"……!"

"하지만 아쉽게도, 다음 만남은 없을 예정이야. 다음을 기대하라는 말은 할 수 없겠어."

어느새 씨익 웃는 표정으로, 무스카의 눈앞에서 활시위를 놓는 이안.

피이잉-!

그리고 그것으로 이 전투는 사실상 끝난 것이나 다름없었다.

전멸全滅.

모두가 죽었다.

정말 전멸이라는 말 그대로, 마군 진영의 병력들은 하나도 빠짐없이 몰살당했다.

기세등등하게 천군 진영의 야영지를 향해 진격했던 마군 진영의 병력들이, 야영지의 건물들에 손 한번 대 보지 못하고 전부 궤멸당한 것이다.

그리고 그중에서도 가장 충격적인 것은 일반 병사들뿐 아니라 영웅들조차 한 사람도 살아남지 못했다는 것이었다.

그것도 단 한 명의 천군 진영 영웅에 의해서 말이다.

-천군 진영의 영웅 '이안'이 마군 진영의 영웅 '무스카'를 처치하였습니다.

-천군 진영의 영웅 '이안'이 마군 진영의 영웅 '파르시온'을 처치하였습니다.

-영웅 '이안'이 '더블 킬Double Kill'을 달성했습니다!

-영웅 처치로 인한 보상이 20퍼센트만큼 추가됩니다!

……중략……

—천군 진영의 영웅 '이안'이 마군 진영의 영웅 '프리오니'를 처치하였습니다.

—영웅 '이안'이 '헥사 킬Hexa Kill'을 달성했습니다!

—영웅 처치로 인한 보상이 100퍼센트만큼 추가됩니다!

까망이의 기동성을 이용하여 쏜살같이 전장을 누비며 모든 마군 진영 영웅들의 뚝배기를 깔끔하게 부숴 버린 이안.

그것은 보는 이들로 하여금 전율을 느끼게 할 만큼 강렬했으며, 팬들을 열광하게 만들기에 부족함 없는 장면이었다.

무기만 활이었지 거의 근접 딜러처럼 싸우는 이안의 모습은, 보는 것만으로도 스트레스가 날아갈 만큼 호쾌한 것이었으니 말이다.

해설자 하인스는 목이 터져라 이안을 부르짖었으며, 시청자 채팅 창은 폭발 직전까지 트래픽이 상승하였다.

—이안! 이것이 바로 이안갓입니다. 여러분! 이안갓이 아니라면 그 누가 이런 놀라운 장면을 만들어 낼 수 있겠습니까!

—와…… ㄹㅇ 할 말이 없다. 무슨 레골라스인 줄.

—크으, 분명히 소환술사가 날뛰는 걸 봤는데 왜 궁수가 하고 싶어지는 거지?

—활 든다고 다 저렇게 할 수 있을 줄 앎? 현실은 근접 몬스터 한 마리만 붙어도 어버버 하다가 딜은 하나도 못 넣고 도망치게 될 걸?

−캬, 헥사 킬이라니. 이제 영웅도 다 죽었고, 게임 끝났네.

−맞음. 이대로 그냥 마군 진영 차원의 홀까지 밀면 깔끔할 듯.

−역시 로터스는 클리어하는구나. 이안갓도 이안갓이지만, 구멍이 하나도 없네, 진짜.

커뮤니티의 스트리밍 서비스로 경기 영상을 시청하던 로터스의 팬들은, 저마다 신이 나서 쉴 새 없이 떠들기 시작하였다.

이미 마군 진영의 야영지는 풀 한 포기 남지 않은 폐허가 되었으며, 어느새 이안 일행은 마군 진영 차원의 홀 바로 앞까지 도달해 있었으니 말이다.

마지막으로 차원의 홀을 지키는 거대한 마수가 이안 일행의 앞에 소환되었지만, 그다지 큰 의미는 없었다.

다른 마족 영웅들이라도 있어서 마수와 함께 싸운다면 모르는 일이겠지만, 마수 혼자서는 이안의 무력 앞에 별다른 걸림돌이 되지 못했으니 말이다.

크워어어−!

소환되자마자 쏟아지는 천군 진영의 집중 포화에 순식간에 삭제되어 증발해 버린 마군 진영의 마지막 보루.

쿠웅−!

그리고 그렇게, 전투의 끝을 알리는 시스템 메시지들이 주르륵 하고 떠오르기 시작하였다.

띠링−!

-마군 진영의 '차원의 홀'이 파괴되었습니다!

-영웅의 협곡 전장에서 승리하셨습니다!

-경기 시간 - 06:23:17

-처치 점수 - 16 : 1

-레벨 점수 - 25 : 28

……중략……

-최종 점수 - 79.75

-영웅의 협곡 순위 결정전이 종료되었습니다.

-'로터스 팀'의 최종 점수가 명예의 전당에 등재됩니다.

-'로터스 팀'이 랭킹 1위에 랭크되었습니다.

차원의 홀이 폭파되는 순간, 영웅의 협곡의 시간은 정지하였다.

그리고 떠오른 시스템 메시지들은, 경기를 시청하던 모든 시청자들의 눈앞에 그대로 공유되었다.

세계 랭킹을 정하는 순위 결정전인 만큼 세세한 스코어 점수까지 클린하게 공개가 되는 것이다.

그리고 그것들을 확인한 이안은 뿌듯한 표정이 되지 않을 수 없었다.

'후후, 처음 치고는 나름 만족스러운 스코어네. 한 번 더 도전하면 90점대까지도 점수를 올릴 수 있겠어.'

6시간이 넘는 긴 시간 동안의 전장을 머릿속으로 복기하며, 전장의 바깥으로 소환되기를 기다리는 이안.

그런데 그때, 이안의 눈앞에 새로운 시스템 메시지들이 추가로 떠올랐다.

이것은 로터스 팀원의 눈에만 보이는 시스템 메시지였다.

띠링-!

-영웅의 협곡 'Season1'을 최초로 클리어 하셨습니다.

-총 열 개의 '차원 영웅 랜덤 상자'가 지급됩니다.

-랜덤 상자는 로터스 팀의 리더인 '이안' 유저의 인벤토리에 일괄 지급됩니다.

'차원 영웅 랜덤 상자라…….'

알고는 있었지만 잊고 있었던 보상이 들어오자 기분이 더욱 좋아진 이안.

하지만 거기서 끝이 아니었다.

이번에는 이안의 눈앞에만 보이는 개인 시스템 메시지가 또 한 번 떠올랐으니 말이다.

-영웅의 협곡에서 '헥사 킬'에 성공하여, '믿을 수 없는 업적-6'을 달성하셨습니다.

-'용암의 장비 상자' 아이템을 획득하였습니다.

-'영웅의 협곡'을 성공적으로 클리어하셨습니다.

-중간자의 위격을 얻기 위한 마지막 조건이 충족되었습니다.

-'초월적인 존재' 퀘스트를 획득하셨습니다.

"……!"

마지막 메시지까지 확인한 이안의 두 눈이 휘둥그레진 것은, 어쩌면 당연한 수순이라고 할 수 있었다.

드라코우를 포획하고 용사의 의식을 프리패스로 클리어했던 이안.

당시 그는 '중간자의 위격'을 얻기 위한 두 번째 조건이 충족됨과 동시에, 마지막 조건이 개방되었다는 메시지를 확인했었다.

'그 마지막 조건이 뭔지는 알 수 없었지만 말이지.'

때문에 이안은, 이 영웅의 협곡 순위 결정전을 마친 후 곧바로 카미레스를 찾아가 볼 예정이었다.

중간자가 되기 위한 마지막 조건이 무엇인지 물어보기 위해서 말이다.

하지만 생각지도 못했던 시점에 그 마지막 조건이 충족되어 버렸고, 하여 그럴 필요가 없어졌다.

중간자로 승격하기 위한 모든 조건은 충족되었고, 이제 '신의 부름'을 받는 일만 남았으니 말이었다.

'뭐, 그것과 별개로 황금 상자를 열기 위해서 카미레스 아재를 한 번 정돈 만나야겠지만 말이지.'

아직도 인벤토리 한쪽 구석에 봉인되어 있는 '카미레스의 황금 상자'를 잊지 않은 이안.

하지만 지금은 그것보다 중간자로의 승격이 더 중요한 일이었으니, 이안은 새로 얻은 퀘스트 창부터 먼저 확인하였다.

초월적인 존재

평범한 지상계의 생령이 초월적인 존재로 거듭나기 위해서는 많은 시련을 극복해야만 한다.

신이 내린 모든 시험을 통과해야만, 비로소 중간자의 위격을 얻을 수 있는 자격이 생기기 때문이다.

그리고 당신은 신이 내린 모든 시험을 성공적으로 통과하였다.

이제 중간자가 되기 위한 모든 조건은 충족되었다.

용사의 마을 중앙에 있는 '초월의 제단'으로 가 신으로부터 '중간자의 위격'을 부여받자.

모든 시험을 성공적으로 통과한 당신이라면, 신 또한 기꺼이 그대를 반길 것이다.

퀘스트 난이도 : 없음.

퀘스트 조건 : 용사의 마을에서 '용사'계급 달성.

　　　　　　　'용사의 의식' 퀘스트 클리어.

　　　　　　　'영웅의 협곡'에서 1승 달성.

제한 시간 : 없음.

보상 : '중간자의 위격' 획득

　　　　시공의 열쇠

퀘스트의 내용은, 최근 이안이 보아 왔던 그 어떤 퀘스트보다도 심플했다.

사실상 퀘스트라기보다는 모든 조건을 충족한 뒤 중간자가 되기 위한 마지막 '절차' 정도라고 할 수 있었으니 말이다.

때문에 이안은 설레기 시작하였다.

이 중간자가 되기 위해 지금까지 얼마나 많은 노력을 쏟아 부었던가.

'흐흐, 중간계에 가보고 싶은 곳이 한두 군데가 아닌데, 드디어 입성할 수 있게 되었군.'

명계부터 시작해서 정령계 그리고 용천까지.

아쉽게 남겨 두었던 수많은 콘텐츠들이 떠오른 이안은 기분 좋은 표정으로 중앙 공터를 향해 이동하였다.

퀘스트를 완료하기 위한 장소인 '초월의 제단'은 용사의 마을 공터 정중앙에 자리하고 있었으니 말이었다.

마음이 급한 나머지 '차원 영웅 랜덤 상자'를 분배받기 위해 안달이 난 길드원의 메시지들은 눈에 들어오지도 않았다.

―간지훈이 : 이안 형, 어디야? 랜덤 상자 하나씩 나눠 줘야지!

―유신 : 인당 하나씩 돌리고 나머지 네 개는 길드에 귀속시키기로 했잖아.

―레미르 : 이안이 너, 설마 혼자 꿀꺽하려는 건 아니겠지……?

―이안 : 잠깐만 기다려 봐. 지금 뭐 하고 있는 게 있어서 그래.

마치 달리기 경주라도 하는 듯 마을 공터를 향해 전력으로 내달리는 이안.

그리고 정신없이 목적지에 도착한 이안은 하늘 높이 우뚝 솟아 있는 석탑 앞에 도착할 수 있었다.

사방으로 멋들어진 문양이 음각되어 있는, 멋들어진 외형의 낯익은 석탑.

그저 용사의 마을을 꾸미기 위한 장식용 건물인 줄 알았던 이 제단의 정체를 알게 된 이안은, 뿌듯한 표정이 되어 천천히 그 앞으로 다가갔다.

'뭐 하는 건물인가 했더니, 용사의 마을에서 가장 중요한 곳이었군.'

공터는 여느 때처럼 수많은 인파로 북적이고 있었다.

이제 용사의 마을에는 수천 명이 넘는 세계의 랭커들이 상주하고 있었고, 그들 중 대부분이 이 공터에 머물었으니 말이다.

하지만 지금 이안에게 그런 것이 신경 쓰일 리 없었다.

이안의 시선은 오로지 석탑의 아래쪽에서 빛나는 푸른 크리스털에 고정되어 있었으니 말이다.

저벅- 저벅-!

온통 시끌벅적한 가운데, 마치 혼자만 다른 공간에 있기라도 한 듯 거침없이 걸어가 수정에 양손을 올린 이안.

우웅-!

퀘스트 창에 어떤 별도의 설명이 있었던 것은 아니지만, 이안은 확신할 수 있었다.

이 수정에 손을 올리는 순간, 제단에서 신탁이 내려올 것임을 말이다.

"……!"

이어서 이안의 확신에 응답이라도 하듯 바위로 만들어져 있던 석탑에서 사방으로 푸른 기운이 뿜어져 나가기 시작하였다.

고오오오─!

그리고 그와 동시에, 이안의 귓전으로 낯익은 목소리가 쩌렁쩌렁 울려 퍼졌다.

그것은 분명 '의식의 제단'에서 들었던 그 위엄 넘치는 목소리였다.

─한계를 초월한 영혼이여.

우우웅─!

마치 동굴 속에 들어오기라도 한 듯 저음으로 낮게 깔리는 신의 목소리.

그런데 재밌는 것은, 그 소리가 울려 퍼짐과 동시에 공터 전체가 급속도로 조용해졌다는 것이었다.

"이, 이게 무슨 소리지?"

"뭐야. 나한테만 들리는 거 아니지?"

"잘못 들었나?"

이안을 향해 내려온 신탁, 그리고 신의 목소리가 이안뿐 아니라 천군 진영 용사의 마을에 있던 모든 이들의 귀에 들린 것이다.

그리고 신의 목소리는, 계속해서 이어졌다.

─그대는 나의 모든 시험을 모두 통과하였으며, 이렇게 나의 부름에 응답하였다.

"그렇습니다."

─하여, 그대에게…….

"……!"

─'중간자'의 위격을 부여하도록 하겠노라.

공터에 있던 모두에게, 또렷하게 울려 퍼지는 신의 목소리.

그리고 그 목소리를 들은 순간, 랭커들은 혼란에 빠질 수밖에 없었다.

"뭐야, 중간자라고?"

"누가 중간자를 달성한 거야?"

"미친! 벌써……?"

그 뒤로도 신의 목소리는 몇 차례 더 울려 퍼졌지만, 이안을 제외한 다른 랭커들은 그 소리를 알아들을 수 없었다.

알 수 없는 외계어 같은 언어만이 계속해서 울려 퍼지고 있었던 것이다.

─꿻뀒뀒꿻뀒뀒뀒뀒뀒뀒뀒뀒!

하지만 잠시 후, 유저들은 이 상황이 어떻게 된 것인지 명확히 알 수 있었다.

신의 목소리가 잦아든 뒤 모두의 눈앞에 월드 메시지가 떠올랐으니 말이다.

각국의 언어로 번역된, 알아볼 수 있는 시스템 메시지가 말이다.

띠링-!

-한국 서버의 유저 '이안'이 최초로 중간자의 위격을 달성하였습니다!

-유저 '이안'이 명예의 전당에 등재됩니다.

-유저 '이안'이 랭킹 1위에 랭크되었습니다!

-유저 네임 : 이안

-초월 레벨 : 35

그리고 그것은 그야말로 충격적인 내용을 담고 있었다.

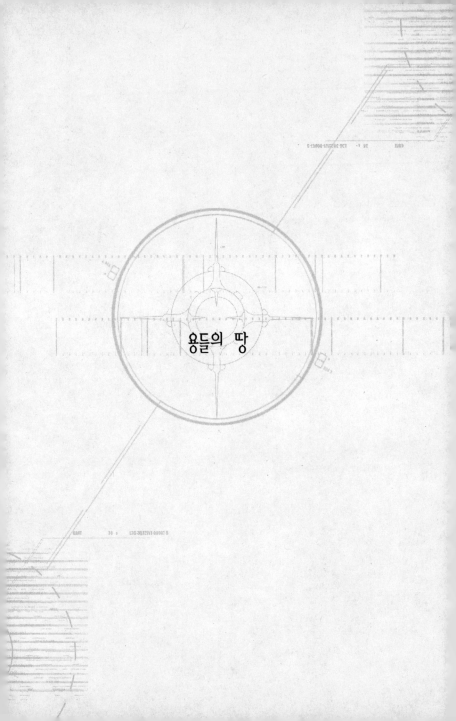

용들의 땅

Taming
Master

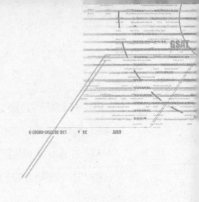

　다른 유저들에게는 알 수 없는 언어로 들렸던 신들의 목소리.

　하지만 이안에게 그 목소리들은, 당연히 알아들을 수 있는 언어로 또렷이 귀에 들어왔다.

　심지어는 신탁이 끝난 뒤에 친절한 시스템 메시지들로 다시 한 번 설명되기까지 하였다.

　띠링-!

　-모든 조건을 충족하였습니다.

　-'중간자'의 위격을 획득하셨습니다.

　-'최초의 초월자' 전설(초월) 등급의 칭호를 획득하셨습니다.

　-이제부터 모든 초월 장비를 제한 없이 사용할 수 있습니다.

-이제부터 모든 가신들을 중간계로 데려올 수 있습니다(가신들의 초월 레벨은 1레벨부터 시작됩니다).

-'시공의 열쇠' 아이템을 획득하셨습니다.

-용사의 마을 '내성'에 있는 '시공의 탑'에서 시공의 열쇠를 사용할 수 있습니다.

-천군 진영에서 '중간자'가 탄생하였으므로, 이제부터 천군 진영의 용사의 마을 '내성' 콘텐츠가 오픈됩니다.

-내성의 '거래소' 건물이 활성화되었습니다.

-내성의 '용병 길드' 건물이 활성화되었습니다.

-내성의……

……후략……

그리고 길게 이어진 이 모든 메시지들을 확인한 이안의 양 주먹에, 저도 모르게 불끈 힘이 들어갔다.

'크……! 그래, 이거지. 이제야 중간계의 튜토리얼이 끝난 느낌이네.'

중간자가 되었다는 것.

이것은 현재 카일란에서, 무척이나 큰 의미를 가지고 있었다.

'지상계를 초월한 영혼'이라는 게임 세계관상의 거창한 상징적인 의미를 말하는 것이 아니었다.

세계 랭킹 1위를 달성했다는 것?

그야 물론 의미 있는 일이었지만, 그보다 더 중요한 사실

이 있었다.

그것은 바로, 수많은 중간계의 콘텐츠들을 선독점할 수 있게 되었다는 것이다.

'용천에 서식하는 용족들만 테이밍해다 팔아도, 떼부자가 될 수 있겠지.'

이제까지도 이안은, 수많은 콘텐츠들을 빠르게 선점해 왔다.

하지만 지금 이 상황은, 이제까지와 약간 다른 점이 있었다.

이제까지는 이안의 바로 뒤를 바짝 쫓아오는 후발 주자들이 있었다면, 지금은 사실상 너무 큰 격차가 벌어졌으니 말이다.

후발 주자들이 모든 조건을 충족시키고 중간자가 되기까지 필요한 시간은, 이안이 생각할 때 아무리 못 해도 보름 이상이었다.

그 사이에 이안은 중간계의 단물을 쪽쪽 빨아먹을 생각이었고 말이다.

'우리 루가릭스는 잘 있으려나? 이 형이 드디어 널 데리러 간다, 흐흐.'

머릿속에 떠오르는 게 많은 나머지, 뭐부터 해야 할지 잠시 갈등하던 이안.

하지만 이안의 생각은 그리 오래 이어질 수 없었다.

“이안, 이안이다!”

“저기 이안이 있어!”

“어디? 어디에?”

“이안갓! 사인 하나만 해 줘요!”

사람이 북적거리는 용사의 마을 공터.

그 한가운데 솟아 있는 '초월의 탑'에서 요란한 이펙트가 뿜어져 나왔으니, 그 앞에 있던 이안은 금세 발견될 수밖에 없었던 것이다.

“사랑해요, 이안갓!”

“형님, 저 안 쓰는 아이템 하나만 주세요, 흑흑.”

“용사의 마을 히든 피스 하나만 알려 줘요!”

“거지들은 좀 저리 가! 이안갓 사인 받아야 된단 말이야!”

어지간한 몬스터 떼에 둘러싸인 것보다, 몇 배는 더 위급한(?) 상황에 처한 이안!

“……!”

하지만 이안은 세계 랭킹 1위가 된 랭커답게, 빛의 속도로 반응하여 위기를 모면하였다.

촤라락-!

순식간에 인벤토리에서 이동 스크롤을 꺼내어, 유저들이 가까이 다가오기 전에 그대로 찢어 버린 것이다.

위이잉-!

같은 맵의 랜덤한 위치에 무작위로 이동시켜 주는 랜덤이동 스크롤을 사용한 것.

'위, 위험했어……'

평소에는 사용할 일이 거의 없는 이 스크롤이 인벤토리에 있었던 것에 감사하며, 이안은 이마를 타고 흘러내리는 식은 땀을 한차례 훔쳐 내었다.

"휴우, 인적이 드문 곳으로 이동해야겠어. 이제 용사의 마을에서도 얼굴 다 팔려 버렸군."

작은 목소리로 중얼거린 이안은 평범한 복장으로 환복한 뒤 용사의 마을 내성을 향해 걸음을 옮겼다.

새 콘텐츠가 열린 곳이기에 확인해 보고 싶은 마음도 있었지만, 그보다는 인적 없는 곳으로 움직이고 싶은 마음이 더 컸기 때문이었다.

'아직 나 말고는 내성이 열린 걸 아무도 모를 테니 편하게 콘텐츠를 확인할 수 있겠지.'

이안은 길드 채팅을 열어, 함께 영웅의 협곡을 클리어했던 파티원들도 내성으로 불렀다.

'차원 영웅 랜덤 상자'의 분배 또한, 이 내성에서 진행할 생각이었다.

스륵—!

누군가의 눈에 띌 새라 조심스레 성문의 앞에 다가선 이안은, 빠르게 그 안으로 진입하였다.

그러자 간결한 시스템 메시지가 눈앞에 떠오른다.

띠링-!

―용사의 마을, '소르피스'성에 입장하셨습니다.

그리고 따라 들어온 사람이 없는 것을 확인한 이안은, 그 제야 비로소 안도의 한숨을 내쉬었다.

"휘유, 거기서 월드 메시지가 동네방네 광고를 할 줄은 몰 랐네."

하지만 위기(?)를 모면하고 나자, 이안의 표정은 다시 밝 아졌다.

"그럼 일단, 칭호부터 한번 확인해 볼까?"

오랜만에 칭호를 교체할 수 있게 되었다는 사실에, 급격히 설레기 시작한 이안.

그리고 '최초의 초월자' 칭호는, 전설(초월) 등급의 칭호답 게 이안의 그 기대를 저버리지 않았다.

최초의 초월자

등급 : 전설(초월)
'중간자'의 위격을 획득한 최초의 유저에게 부여되는 칭호입니다.
모든 초월 능력치가 +15만큼 상승하며, 보유한 초월 명성을 20퍼센트만
큼 증가시켜 줍니다.
*다른 칭호와 함께 사용이 가능한, 중복 착용 가능 칭호입니다.

"응⋯⋯?"

간결한 칭호 정보 창을 확인한 이안의 표정은, 시시각각

다이내믹하게 변화하였다.

처음 정보 창을 열었을 때에는 일그러졌던 얼굴에, 순식간에 함박웃음이 떠올랐으니 말이었다.

"중복 착용 가능? 이런 칭호도 있었어?"

사실 모든 초월 능력치 +15는 이안에게 무척이나 실망스러운 옵션이었다.

물론 올 스텟 15가 그리 허접한 옵션이라고 할 수는 없었다.

하지만 무려 전설(초월)이라는 등급에 어울릴 정도의 스펙은 아니었으니 말이다.

하지만 정보 창의 마지막에 명시되어 있는, '중복 착용 가능'이라는 부가 옵션은 그 실망을 전부 상쇄하고도 남을 정도로 엄청난 것이라고 할 수 있었다.

"대, 대박!"

따로 중복 가능 숫자 제한도 없는 것으로 미루어 봤을 때, 이것은 칭호와 별개로 영구히 올 스텟 15가 오른 것이나 다름없었으니 말이다.

"시작부터 아주 좋고……!"

한껏 기분이 달아오른 이안은, 곧바로 인벤토리를 오픈하였다.

그리고 이번에는, 중간자 달성 보상으로 얻은 아이템인 '시공의 열쇠' 정보 창을 오픈해 보았다.

시공의 열쇠

등급 : 신화(초월)   **분류** : 잡화

초월적인 업적을 달성한 이에게만 지급되는 신비로운 물건입니다.

시공간을 넘나들 수 있다는 '시공의 탑'에 입장할 수 있게 만들어 주는 열쇠로, '중간자'의 위격을 가져야만 사용가능한 아이템입니다.

이 열쇠를 가지고 시공의 탑에 입장한다면, 발견한 모든 중간계로 워프가 가능합니다.

*천군 진영 용사의 마을 내성(소르피스성)에 있는 '시공의 탑'에서 사용할 수 있는 아이템입니다.

*유저 '이안'에게 귀속된 아이템입니다.

다른 유저에게 양도하거나 팔 수 없으며 캐릭터가 죽더라도 드롭되지 않습니다.

사실 처음 이 정보 창을 오픈했을 때, 이안은 당황할 수밖에 없었다.

이 카일란이라는 게임에서 얻을 수 있는 아이템 등급 중 최고의 등급이라고 할 수 있는 '신화(초월)' 등급이, 잡화 아이템에 불과한 이 열쇠에 부여되어 있었던 것이다.

하지만 그 아래 나열된 내용을 읽자, 이안은 절로 고개를 끄덕였다.

이안이 생각하기에 이 시공의 열쇠는, 앞으로 중간계의 콘텐츠들을 진행하기 위해 가장 필수적인 아이템으로 보였으니 말이다.

'뭐, 중간자를 달성한 모든 유저에게 지급될 아이템이기는 하겠지만, 이런 기능을 가진 물건이라면 최고 등급을 부여받

을 만하네.'

그리고 길드원이 도착하기 전, 이안이 마지막으로 오픈한 아이템은…….

-용암의 힘이 담긴 장비를 얻을 수 있는 특별한 장비 상자입니다.

-오픈한 상자는 그 즉시 소멸됩니다.

-상자를 오픈하시겠습니까? (Y/N)

바로 어디에도 정보가 알려진 바 없는, '용암의 장비 상자' 아이템이었다.

'크으……! 이런 꿀 같은 히든 피스가 숨어 있을 줄은 아무도 몰랐을 거야.'

영웅의 협곡은 카일란의 E-스포츠화를 위해 LB사에서 만들어낸 콘텐츠이다.

때문에 이 콘텐츠의 성향은, 일반적인 RPG게임과 많이 다를 수밖에 없었다.

경기 단위로 게임이 진행되어야 하니, 오히려 RTS게임이나 AOS게임에 더 가까운 장르가 되어 버린 것이다.

해서 이안은, 영웅의 협곡을 재밌게 플레이하였음에도 불구하고 조금 아쉬울 수밖에 없었다.

협곡 안에서 아무리 치열하게 플레이해도, 그 판이 끝나고 나면 승리 외에는 남는 것이 거의 없었으니까.

다음과 같은 메시지를 확인하기 전까지는 말이다.

-영웅의 협곡에서 '헥사 킬'에 성공하여, '믿을 수 없는 업적-6'을 달

성하셨습니다.

　-'용암의 장비 상자' 아이템을 획득하였습니다.

　'용암 장비라면, 최소 영웅(초월) 등급 이상이겠지. 이거야
말로 개꿀 보상이야.'

　이미 이안은 영웅(초월) 이상의 장비들을 얻어 본 적이 있
었다.

　하지만 이안이 지금껏 얻었던 고급 장비들은 죄다 제한이
걸려 있는 것들이었다.

　대장장이 티버가 만들어 준 죽창(?)부터 시작하여, 힘겹게
얻었던 천룡 군장 세트까지.

　이 모든 아이템들이 용사의 마을에서만 사용 가능한 장비
들이었으니 말이다.

　하지만 이 '용암의 장비 상자'는 달랐다.

　용사의 마을 밖에서 사용하던 모든 아이템들과 다를 바 없
는, 언제 어디서든 사용 가능한 아이템이었으니 말이다.

　'그럼 한번 열어 볼까?'

　이안은 두근거리는 마음이 되어, 타는 듯이 붉게 빛나는
장비 상자에 손을 가져갔다.

　그리고 두 눈을 질끈 감은 채, 그대로 상자를 오픈하였다.

　우우웅-!

　"......!"

　강렬한 공명음과 함께, 열린 틈 사이로 뿜어져 나오는 붉

은 빛줄기.

그것을 느낀 이안은 다시 천천히 눈꺼풀을 들어 올렸다.

그러자 이안의 눈앞에는 상자 대신 처음 보는 아이템이 나
타나 있었다.

"어, 어어……?"

조금 당황했는지 두 눈을 깜빡이며 그 '아이템'을 살펴보는
이안.

"이건 뭐지? 내가 착용했던 4세트 중에도 없던 녀석인
데……."

처음 보는 용암 장비를 확인한 이안의 두 눈에, 기대감과
불안감이 뒤섞이기 시작했다.

아직 본 적 없는 아이템이라는 말은 기대보다 더 뛰어날
수도, 더 허접할 수도 있다는 것이었으니 말이다.

이안은 두근거리는 마음을 다잡고 조심스레 그것을 들어
올렸다.

그리고 그 순간, 이안의 눈앞에 새로운 시스템 메시지가
떠올랐다.

띠링-!

-'용암의 마법 장화' 영웅(전설) 등급의 아이템을 획득했습니다.

-'불 위를 걷는 자' 칭호를 획득하였습니다.

그리고 메시지를 확인한 이안의 동공이 확대되었음은, 당
연한 수순이라고 할 수 있었다.

이안이 놀란 이유는 두 가지였다.

첫째로, 기대했던 영웅(초월)보다도 더 높은 등급의 장비가 나왔다는 것과 두 번째로, 아이템을 얻은 것만으로 새로운 칭호를 획득했다는 것.

그 때문에 아직 아이템과 칭호의 정보를 확인해 보지 않았음에도 불구하고, 이안의 표정은 잔뜩 들뜰 수밖에 없었다.

"크······!"

하지만 그것과 별개로, 어쩌면 이 정도의 보상이 당연한 것이라는 생각이 들기도 하였다.

'영웅의 협곡에서 헥사 킬을 딴다는 게 쉬운 일은 아니니까 말이지.'

협곡의 난이도와 6인의 적 영웅들을 한자리에서 처치해야 한다는 특별한 조건을 생각했을 때, 헥사 킬은 사실 이안조차도 다시 해낼 수 있을지 의문이 드는 업적이긴 했으니 말이다.

'그런 의미에서 얼른 확인해 볼까?'

두근거리는 표정으로 '용암의 마법 장화' 아이템의 정보 창을 오픈하는 이안.

그리고 다음 순간, 이안의 눈앞에 화려한 아이템의 정보 창이 모습을 드러내었다.

띠링-!

용암의 마법 장화

분류 : 신발　　　　　　　**등급 : 전설 (초월)**
착용 제한 : '중간자'의 위격 달성.
방어력 : 935　　　　　　　**내구도 : 337/337**
옵션 : 모든 전투 능력 + 70(초월)
　　　공격력 +225
　　　화염 속성 피해 흡수 +10퍼센트
　　　모든 종류의 물리/마법 공격력 +5퍼센트
　　　모든 종류의 화염 속성 공격력 +15퍼센트

*용암의 발걸음
−지속 효과
'화염' 속성을 가진 모든 대상을 밟을 때마다 '불의 힘' 버프(공격력 3퍼
센트 상승)가 생성됩니다.
버프는 20초 동안 지속되며, 최대 20회까지 중첩이 가능합니다.
용암을 밟을 때마다 '용암의 발걸음' 재사용 대기 시간이 1초씩 감소합
니다.
−사용 효과
'용암의 발걸음'을 활성화시킬 시 이동속도가 15퍼센트만큼 증가하며,
발을 디딜 때마다 그 자리에 용암이 생성됩니다.
생성된 용암은 주변으로 조금씩 흘러내리며, 15초 뒤에 사라집니다.
용암에 닿은 적들은 매 0.3초마다 350만큼의 화염 피해를 입게 됩니다.
'용암의 발걸음'이 활성화되어 있는 동안은 어떤 곳을 밟더라도 '불의
힘' 버프가 중첩됩니다.
(재사용 대기 시간 : 180초)
*용암의 대지
전방으로 강력한 진각震脚을 밟아 지하 깊숙한 곳의 용암을 불러냅니다.
진각을 밟은 위치를 기준으로 부채꼴 모양의 범위에 공격력의 380퍼센
트만큼의 강력한 화염 피해를 입히며, 같은 범위에 용암이 소환됩니다.

불러낸 용암은 부채꼴 모양으로 3초 동안 퍼져 나가며, 15초 뒤에 사라집니다.

용암에 닿은 적들은 매 0.3초마다 350만큼의 화염 피해를 입게 됩니다. (고유 능력을 사용한 직후 3초 동안 움직일 수 없으며, 그동안 모든 피해를 95퍼센트만큼 무효화합니다.)

(재사용 대기 시간 : 240초)

*유저 '이안'에게 귀속된 아이템입니다.

다른 유저에게 양도하거나 팔 수 없으며 캐릭터가 죽더라도 드롭되지 않습니다.

*'용암지대' 세트 아이템입니다.

두 파츠 이상의 세트 아이템을 동시에 착용할 때마다, 강력한 옵션이 추가됩니다.

2세트 효과

-모든 '용암지대' 장비의 성능+10퍼센트(부가 옵션에는 적용되지 않습니다.)

3세트 효과

-모든 화염 속성 공격의 위력이 20퍼센트만큼 추가로 상승합니다.

-모든 화염 속성 피해를 20퍼센트만큼 추가로 무효화합니다.

4세트 효과

-모든 화염 속성 공격의 위력이 30퍼센트만큼 추가로 상승합니다.

-모든 화염 속성 피해를 30퍼센트만큼 추가로 무효화합니다.

5세트 효과

-화염 저항 능력치가 50퍼센트만큼 증가합니다.

-모든 화염 속성 공격의 치명타 피해량이 50퍼센트만큼 증가합니다.

고대의 영웅이 사용하던 장화로, 오랜 시간 용암지대의 열기를 받아 탄생한 강력한 장비입니다.

용암의 장비들을 전부 모을 수만 있다면, 용암지대 어딘가에 웅크리고 있는 '라바 드래곤'을 처치하는 것도 불가능한 일은 아닐 것입니다.

"와……."

아이템의 정보 창을 읽어 내려가던 이안은, 저도 모르게 감탄사를 토해 내었다.

중간계에 처음 입성했던 이후로 지금까지 단 한 번도 본 적 없었던 전설(초월) 등급의 아이템.

이 아이템은 그 등급의 값어치를 충분히 하고 있었기 때문이었다.

"무슨 신발 스펙이 이래?"

황홀한 표정으로 정보 창을 연신 확인하며, 두 눈을 꿈뻑이는 이안.

분명히 신발 파트의 아이템인데, 어지간한 갑옷에 버금갈 정도로 높은 방어력을 가진 데다, 특A급이라 할 수 있는 고유 능력을 두 개나 가지고 있었으니.

이안은 단연코 이런 아이템을 본 적이 없었다.

'이 용암 세트……. 영웅의 협곡 말고는 구할 방법이 없는 걸까?'

이안이 가지고 있던 기존의 초월 장비들을 초라하게 만드는 용암 장화의 스펙에, 이 용암 세트에 대한 열망은 더욱 강해졌다.

'일단 다음 주에 열릴 순위 결정전 2회차에서 어떻게든 헥사 킬을 한 번 더 먹어야겠어.'

확실한 것은 아니지만, 업적 달성 보상이 1회로 제한되는 것은 아닐 것이다.

만약 그랬더라면, 별도로 무언가 설명이 부가되었을 테니 말이다.

'순위 결정전 열릴 때마다 꼬박꼬박 참여해서 용암 장비 상자를 최대한 모아야…….'

그런데 여기까지 생각이 미친 이안은 급 우울한 표정이 될 수밖에 없었다.

한 가지 잊고 있던 슬픈 사실이 머릿속에 떠올라 버렸기 때문이다.

'젠장! 생각해 보니 이번 시즌 순위 결정전은 다음 주가 마지막이잖아!'

LB사의 발표에 의하면, 영웅의 협곡 시즌은 분기마다 한 번씩 새로 오픈된다.

그리고 새 시즌이 열릴 때마다 모든 콘텐츠와 맵이 물갈이 된다고 하였으니, 다음 시즌에선 용암 세트를 얻을 수 없을 확률이 무척이나 높다고 할 수 있었다.

"으, 이거 풀세트 모으면 다 털고 다닐 수 있을 것 같은데……."

새빨간 용암의 장화를 만지작거리며, 아쉬움에 입맛을 다시는 이안.

그런데 바로 그때, 뭔가를 발견한 이안의 눈이 반짝이기 시작했다.

'잠깐. 이거 그리고 보니…… 용암 세트 설명이 아직까지

도 바뀌지 않았잖아?'

이안의 시선이 고정된 부분은, 용암 장화 정보 창의 최하단에 위치한 아이템 설명.

> 고대의 영웅이 사용하던 장화로, 오랜 시간 용암지대의 열기를 받아 탄생한 강력한 장비입니다.
> 용암의 장비들을 전부 모을 수만 있다면, 용암지대 어딘가에 웅크리고 있는 '라바 드래곤'을 처치하는 것도 불가능한 일은 아닐 것입니다.

'혹시 영웅의 협곡이 아닌 중간계의 어딘가에도 이 용암지대가 존재하는 것은 아닐까?'

카일란은 그렇게 허술한 게임이 아니다.

만약 이 아이템이 영웅의 협곡에서만 얻을 수 있는 장비였다면, 분명히 아이템 설명이 바뀌어 있었을 것이다.

적어도 용암지대의 '라바 드래곤'에 대한 설명만큼은, 빠져 있었을 것이라는 이야기이다.

지금 이안이 얻은 이 신발은, 아이러니하게도 영웅의 협곡에 신고 들어갈 수는 없는 아이템이었으니 말이다.

'호오, 이거 재밌는데?'

때문에 이안은, 무심코 떠올린 이 가정에 점점 더 확신을 갖기 시작하였다.

"좋아. 크으, 역시 카일란은 내 기대를 저버리지 않는단 말이야."

다른 용암 세트들까지 모을 생각에, 이안은 다시금 신바람
이 났다.

그런데 다음 순간, 이안의 귓전에 낯익은 목소리들이 들려
오기 시작하였다.

"이안이, 너 혼자서 또 무슨 작당모의를 하고 있는 거야?"

"이안 형, 여기 숨어서 뭐 하고 있는 거야?"

"또 혼자 무슨 재밌는 걸 하시려고 그렇게 음흉한 목소리
로 혼자 중얼중얼 하시는 건가요?"

그 목소리의 주인공들은 바로, 이안으로부터 '차원 영웅
랜덤 상자'를 받기 위해 달려온 로터스 길드의 길드원이었
다.

용사의 마을은, 중간계의 콘텐츠들을 즐기기 위해 통과해
야만 하는 등용문이다.

중간자가 되기 위한 모든 절차들이 이 용사의 마을에서 진
행되는 것이니 말이다.

하지만 첫 번째 중간자가 나온 이 시점부터, 용사의 마을
은 한 가지 추가적인 기능을 하게 되었다.

그것은 바로 중간계를 여행하는 모든 유저들의 베이스캠
프 같은 역할이라고 할 수 있었다.

'애초에 모든 중간계와 연결되어 있는 시공의 탑이, 이 내성 안에 설치되어 있는 것만 봐도 알 수 있는 사실이지.'

그리고 베이스캠프답게 이 내성에는, 수많은 신규 콘텐츠들이 도사리고 있었다.

거래소와 용병 길드부터 시작해서, 각종 상점과 '길드 관리소'라는 생소한 시스템까지.

하지만 최초로 이 내성에 입장한 로터스 길드원의 관심사는 아직까지 '차원 영웅 랜덤 상자'에서 벗어나질 못하고 있었다.

"아싸, 난 영웅 등급이다!"

"멍청아, 다른 사람들도 다 영웅 등급 먹었거든?"

"아, 그래? 젠장, 내가 운이 좋은 건 줄 알았는데…….."

"훈이 네가 운이 좋을 리가 있냐?"

"와, 너무하네. 누나까지 나한테 이럴 거야?"

그리고 열 개의 모든 상자가 오픈되는 동안, 오직 이안만이 아쉬운 표정으로 입맛을 다시고 있었다.

'아쉽게도 용암 장비가 나오는 상자는 없었네. 나왔으면 내가 강탈하려 했는데…….'

이미 '용암의 마법 장화'가 가진 스펙을 확인한 이안으로서는, 그저 영웅(초월) 등급의 장비가 생겼다는 사실만으로 행복한 다른 길드원과 달리 아쉬울 수밖에 없었던 것이다.

하지만 그러한 아쉬움도 잠시.

상자 오픈식(?)이 전부 끝나고 나자, 이안은 길드원을 불러 모아 어디론가 향하기 시작하였다.

"형, 갑자기 어디로 가는 건데?"

"잔말 말고 따라와. 이제 여기 투어해야지."

"투어?"

전에도 언급하였지만, 이안이 굳이 이 내성으로 길드원을 오라고 한 것은 조용한 곳이 필요해서만은 아니었다.

이 내성에 새로 생긴 콘텐츠들을 길드원과 함께 먼저 선점하는 것이 더 큰 이유였던 것이다.

"길드 관리소라는 콘텐츠가 분명히 있다고 했었는데……."

"길드 관리소?"

"응. 중간자 달성하면서 시스템 메시지로 안내받았었거든."

"오, 그런 것도 있어?"

이안의 이야기에 훈이를 비롯한 로터스 길드원은 좀 더 흥미로운 표정이 되어 그의 뒤를 쫓았다.

랭커인 그들에게 있어서 새로운 콘텐츠라는 것은 항상 기대감을 불러일으키는 단어였으니 말이다.

그리고 그렇게 1시간에 걸쳐 내성 투어를 마친 이안 일행은, 몇 가지 재밌는 사실들을 알아낼 수 있었다.

첫째, 이 용사의 마을 내성에서 이용할 수 있는 모든 콘텐츠에 필요한 재화는, 영웅의 협곡에서 보았던 재화인 '차원코인'이다.

둘째, 중간계마다 통용되는 모든 다른 재화들은 '소르피스 은행'에서 일정한 비율로 차원코인과 교환이 가능하다.

셋째, 충분한 차원코인을 보유하고 있다면, '소르피스 부동산'에서 성안에 있는 부지를 매입할 수 있다.

넷째, 이러한 '내성' 콘텐츠들이 있는 곳은, 이 소르피스성 뿐만이 아니다.

소르피스성의 인구가 늘어나면 다른 성으로 이동할 수 있는 포털이 추가로 개방될 것이다.

하지만 이런 재밌는 콘텐츠들을 접했음에도 불구하고, 이안 일행의 표정은 시무룩하였다.

이 모든 콘텐츠들을 즐기기 위해 반드시 필요한 재화인 차원코인.

일행에게는 그것이 단 한 푼도 없었기 때문이다.

"쩝, 뭐가 많기는 많네."

"그러게."

"하지만 아직까지는 뭐 제대로 해 볼 수 있는 콘텐츠가 거의 없어."

"맞아. 돈이 있어야 뭘 해 보지."

"결국 차원코인 벌려면, 다른 중간계 가서 파밍 겁나 해야겠네."

"그렇지."

"아, 영웅의 협곡에서 벌었던 차원코인 다 들고 나오고 싶다."

"나도……."

그리고 모든 콘텐츠들을 머릿속에 저장한 이안은 이제부터 뭘 해야 할지 확실히 결정할 수 있었다.

"일단 다들 중간자 요건이나 빨리 채우라고. 난 먼저 중간계 돌아다니면서 파밍하고 있을 테니 말이야."

-조건을 충족하였습니다.

-'시공의 열쇠'를 사용하셨습니다.

-'시공의 탑'에 입장하셨습니다.

우우웅-!

소르피스성 북쪽 중심가에 있는 높고 신비로운 형상의 석탑.

'시공의 탑'에 들어선 이안은 눈앞에 떠오른 시스템 창을 보며 흡족한 표정이 되었다.

'그래, 이런 게 필요했다고.'

-이동하실 차원계를 선택해 주십시오.

-한 번이라도 입장해 본 차원계만 이동이 가능합니다.

-A - 인간계 (콜로나르 대륙)

-B - 마계 (마계 100구역)

-C - 명계 (에레보스)

-D - 정령계 (프뉴마 마을)

-E - 용천 (소천)

-F - ??? (입장 불가)

물론 그리퍼로부터 받은 차원의 구슬을 이용한다면, 이안은 어떤 차원계든 어렵지 않게 이동할 수 있었다.

하지만 그리퍼의 차원 구슬은 무한정 사용할 수 있는 물건이 아니다.

그러다 보니 이안의 입장에서도 이러한 편리성 시스템이 좋을 수밖에 없는 것이다.

'그나저나 입장 불가 선택지가 있는 걸 보면 내가 아직 못 가 본 차원계도 있다는 거네.'

시공의 탑에서 이동할 수 있는 선택지들을 하나하나 살펴본 이안은 흥미로운 표정이 되었다.

어차피 목적지는 정해져 있었지만, 몰랐던 차원계가 있다는 사실만으로도 흥미가 동한 것이다.

'자, 일단 루가릭스 녀석을 찾으러 가는 게 먼저니까……'

기분 좋게 웃은 이안은 멀뚱한 표정으로 옆에 서 있던 엘을 향해 입을 열었다.

"엘아."

"네, 아빠."

"잃어버린 네 오빠 찾으러 한번 가 볼까?"

뜬금없는 이안의 말에 커다란 두 눈을 꿈뻑이던 엘카릭스는 잠시 후 고개를 도리도리 저었다.

"굳이…… 찾아야 돼요?"

"그럼, 찾아야지. 엄청나게 쓸모가 많은 녀석인걸."

"루 오빠가 쓸모가 많아요?"

"당연하지."

"어떤 면에서요?"

"멋있다고 칭찬 한번 해 주면, 우쭐해서 정보를 술술 풀거든. 시키는 것도 척척 잘하고 말이야."

"……!"

"아마 칭찬만 한 번씩 던져 주면, 엘이 심부름도 척척 해 다 줄 걸?"

이안의 설명에, 엘은 두 눈을 동그랗게 뜨며 뭔가 깨달았다는 표정으로 고개를 끄덕였다.

"마, 맞아요. 그랬던 것 같아요!"

"그러니까 우리, 루가릭스 한번 찾으러 가 볼까?"

"좋아요! 빨리 오빠 찾아서 여왕놀이 해야겠어요."

"여왕놀이……?"

"네!"

"네가 여왕이고, 루가릭스가 호위기사. 뭐 그런 콘셉트야?"

"아뇨. 루 오빠는 악룡이에요."

"악……룡?"

"네. 왕국을 공격하는 악룡 '루'를 여왕 '엘'이 단칼에 처치하는 놀이거든요."

"…….'"

엘카릭스의 '여왕놀이'라는 것을 들은 이안은 루가릭스를 향해 애도했다.

'미안, 루가릭스. 곧 널 데리러 갈게.'

이어서 이안은 망설임 없이, 용천으로 가는 선택지를 선택하였다.

그리자 다음 순간.

우우웅ㅡ!

추가로 떠오른 한 줄의 메시지와 함께 이안의 시야가 하얗게 물들기 시작하였다.

ㅡ'E-용천'을 선택하셨습니다.

ㅡ시공을 뛰어넘어 '용천'으로 이동합니다.

이안은 중간자가 되면서, 가신들을 중간계에 데려올 수 있게 되었다.

그리고 이것은 이안에게도 제법 큰 도움이 된다고 할 수 있었다.

물론 파이로 영지를 지키고 있는 영웅 등급 이하의 평범한 친구들(?)은 큰 의미 없었지만, 카이자르나 헬라임과 같은 신화 등급의 가신들은 어지간한 유저 이상으로 제 몫을 톡톡히 해 줄 것이기 때문이었다.

'일단 카이자르, 헬라임, 이 두 녀석만 먼저 데리고 다녀야겠어. 일단 이 둘부터 레벨을 올려 줘야지.'

사실 카이자르와 헬라임마저도 어느 정도 초월 레벨이 올라올 때까지는 큰 쓸모가 없을 것이다.

지상계의 레벨이 아무리 높다 하여도, 초월 레벨은 1부터 시작이었으니 말이다.

그리고 지금 시점에서 초월 35레벨인 이안에게 이 두 가신들이 유의미한 도움을 주려면, 적어도 30레벨에는 근접해야 할 것이다.

적어도 이안은 그렇게 생각하고 두 사람을 용천으로 불러들였다.

"여, 오랜만이야. 그동안 잘 지냈나?"

오랜만에 가신들을 만난 이안은 반가움에 양팔을 활짝 펼치며 둘을 맞이했고, 카이자르와 헬라임 또한 반가운 눈치였다.

"국왕 놈아, 어째 왕성에는 코빼기도 안 비추는 거냐?"

"그간 별고 없으셨습니까, 폐하."

너무도 상반되는 두 사람의 인사말에 피식 웃음 지은 이안은, 고개를 끄덕이며 입을 열었다.

"그동안 바빴다. 물론 앞으로도 바쁠 테지만 말이야."

이어서 이안은, 카이자르에게 핀잔을 주었다.

오랜만에 듣는 카이자르의 구수한 호칭이 제법 거슬렸기 때문이었다.

"그리고 카이자르, 너는 국왕 놈이 뭐냐. 주군이라고 부르랬지."

"알겠다, 주군 놈아."

"하……."

카이자르의 확고한 캐릭터에 고개를 절레절레 저은 이안은, 이번에는 헬라임을 향해 시선을 돌렸다.

"헬라임, 왕성에는 별일 없지? 요즘은 영지전도 없는 것 같던데 말이야."

헬라임은 이안의 가신이었지만 그와 동시에 로터스 왕국의 기사단장을 역임하고 있었다.

때문에 어쩌면 헬라임만큼, 지상계의 동향을 잘 아는 인물도 없을 것이었다.

헬라임이 고개를 끄덕이며 대답하였다.

"그렇습니다, 폐하. 감히 누가 있어 폐하의 로터스 왕국을 넘보겠나이까."

"하긴, 그것도 그렇지."

"만약 폐하께서 복귀하시어 군대를 일으키신다면, 제국을 선포하는 것도 시간문제일 것입니다."

"음……. 뭐, 그럴 수도 있겠네."

헬라임의 말을 들은 이안은 고개를 주억거렸다.

그의 말처럼 지금 당장이라도 군대를 일으킨다면, 제국 선
포까지는 한 달 내로 해낼 자신이 있었기 때문이었다.

하지만 왕국이 된 지 벌써 오랜 시간이 지났음에도 불구하
고, 아직 이안을 비롯한 로터스 길드원은 제국 선포를 하고
싶은 욕심이 별로 없었다.

제국을 건설하는 데 들어가는 비용도 비용이었지만, 제국
선포를 하는 순간 신경 쓸 게 배 이상으로 많아지기 때문이
었다.

'시간, 돈, 명성도 왕창 깨질 테고……. 아직까진 전쟁을
벌일 시간에 중간계 콘텐츠들을 선점하는 게 훨씬 득이 많을
테니까.'

만약 LB사에서 제국과 관련된 신규 콘텐츠라도 뭔가 발표
한다면 얘기가 달라질 수 있겠지만, 아직까지 대부분의 랭커
들은 중간계 콘텐츠를 더 중요하게 생각하고 있었다.

이안은 쉽게 말하지만, 로터스나 타이탄 외에 제국 선포가
가능한 전력을 가진 길드도 사실상 없었고 말이다.

"여튼 중간계에 온 것을 환영해. 그동안 지상계에서 심심
했을 텐데, 여긴 아마 재밌는 게 아주 많을 거야."

그런 이안의 말에, 카이자르가 심드렁한 표정으로 대꾸하

였다.

"이곳에는 강자가 많은가? 지상계에는 내 일검을 받아 낼 수 있는 존재가 없었는데 말이지."

"허세는……. 바로 옆에 헬라임도 있었잖아."

"그런 건 모른 척해 줘도 되는 거다."

못 본 사이 귀여워진(?) 카이자르를 보며 실소를 흘린 이안은, 의미심장한 미소를 지으며 다시 입을 열었다.

"헬라임, 카이자르."

"예, 폐하."

"음? 불안하게 왜 그러냐?"

잠시 뜸을 들인 이안이 씩 웃으며 말을 이었다.

"딴 건 모르겠고, 너희 둘, 지금 너무 약해."

"……!"

"뭐라?"

이안의 청천벽력 같은 말에, 세 사람 사이에 잠시 동안 흐르는 정적.

잠시 후 그 정적을 깨며, 이안의 말이 다시 이어졌다.

"그러니까 지금부터 구르자."

하지만 이안의 말에도 불구하고, 카이자르와 헬라임은 잠시 동안 입을 떼지 못하였다.

머리털 나고 처음 들어 본 '약하다'는 말에, 적잖은 충격을 받은 모양이었다.

그리고 잠시 후.

"전 약하지 않습니다, 폐하!"

"내가 약하다니! 믿을 수 없다!"

마치 쌍둥이처럼, 이구동성으로 이안에 반발하는 헬라임과 카이자르.

하지만 이안은 두 사람의 반응에 개의치 않고, 하려던 말을 이어 갔다.

"저기 저쪽에 드락스들 보이지?"

이안은 능선 아래쪽을 내려다보며 손가락으로 무언가를 가리켰다.

그리고 헬라임과 카이자르의 시선은 자연스레 이안의 손가락이 가리키는 곳으로 향했다.

이내 뭔가를 발견한 카이자르가 퉁명스런 목소리로 입을 열었다.

"작고 못생긴 도마뱀들을 말하는 거라면, 보이는 것 같다, 주군."

드락스는 용천에서 가장 흔하게 만날 수 있는, 가장 허약한 몬스터들이었다.

초월 레벨이 낮게는 7에서 높게는 10정도 되는, 나름 중간계 입문용(?) 몬스터들.

하지만 초월 1레벨에 불과한 카이자르와 헬라임에겐 7레벨짜리 도마뱀들도 결코 쉽지 않으리라.

'조금 불안하긴 하지만, 그래도 명색이 카이자르와 헬라임인데……. 설마 잡몹 잡다가 비명횡사하지는 않겠지.'

승부욕 강한 카이자르와 헬라임에게, 레벨 업에 대한 동기부여를 하기 위한 이안의 계략!

강제로 레벨 업을 종용하는 주입식 교육보다는, 자발적 레벨 업이 더 효과적이라는 것을 잘 아는 이안이었다.

"일단 둘이 저쪽으로 가서, 딱 한 놈만 처치하고 와 봐. 그럼 약하지 않다고 인정해 줄게."

그리고 두 사람의 성향을 거의 완벽히 파악하고 있는 이안의 설계는, 먹히지 않으려야 않을 수가 없었다.

이미 카이자르는 씩씩거리고 있었고, 헬라임은 당장이라도 튀어나갈 준비를 하고 있었으니 말이다.

"좋다, 내가 저기 있는 놈들 싹 쓸어 버리고 돌아오도록 하지."

"한 놈이 아니라 전부 베어 버리고 오겠습니다!"

이어서 호기롭게 이안을 향해 대답한 두 사람은, 마치 경쟁이라도 하듯 능선을 따라 뛰어 내려갔다.

그리고 그런 그들을 향해, 이안이 한마디 조언을 덧붙였다.

"혼자 잡으려 하지 말고 같이 잡아, 이 친구들아. 둘이서 하나만 잡아도 인정해 줄 테니까."

하지만 이미 의욕이 활활 불타오른 둘에게 그런 이안의 말이 들릴 턱이 없었다.

"걱정 마십시오, 폐하! 카이자르가 건드린 녀석은 쳐다도 안 볼 겁니다!"

"헬라임 너, 여기 기준으로 왼쪽에 있는 녀석들은 눈독들이지 마라. 다 내 거니까."

"내가 할 소리!"

그런 두 가신들을 보며 어이없는 표정이 된 이안은, 아그비와 함께 화염시를 소환하였다.

화르륵-!

저 불도저 같은 두 가신들이 위험에 처한다면, 화살을 날려 구해 줄 생각으로 말이었다.

10레벨도 안 되는 잡몹들 정도는 화살 한 발당 한 마리씩 처치할 자신이 있었으니까.

'어휴, 저 바보들. 초월 레벨이 1인 건 대체 왜 생각을 못 하는 거야?'

마치 물가에 나간 어린아이를 지켜보듯 불안한 표정으로 두 가신들을 지켜보는 이안.

하지만 잠시 후, 이안의 그 불안한 표정은 조금씩 바뀌기 시작하였다.

먼저 뛰어간 카이자르가 드락스의 등짝에 대검을 내리꽂는 순간, 믿을 수 없는 메시지가 떠올랐기 때문이다.

-가신 '카이자르'가 몬스터 '드락스'에게 치명적인 피해를 입혔습니다.

-'드락스'의 생명력이 297만큼 감소합니다!

'뭐……라고?'

카이자르의 초월 레벨은 분명 1레벨이다.

그런데 지금 이안의 눈앞에 떠오른 대미지 수치는, 절대로 1레벨의 스펙을 가지고 만들어 낼 수 없는 숫자라고 할 수 있었다.

하지만 이안의 경악은 거기서 끝이 아니었다.

-가신 '카이자르'의 고유 능력 '폭뢰검'이 발동합니다.

-'드락스'의 생명력이 507만큼 감소합니다!

-'드락스'의 생명력이 622만큼 감소합니다!

-몬스터 '드락스'의 생명력이 전부 소진되었습니다.

-가신 '카이자르'가 몬스터 '드락스'를 성공적으로 처치하였습니다!

-가신 '카이자르'의 레벨이 상승하였습니다.

혼란에 빠진 이안의 동공이 가늘게 떨리기 시작하였다.

처음 중간계의 가신 콘텐츠가 오픈되었다는 메시지를 확인하였을 때, 이안은 가신과 유저 들을 완전히 다른 기준으로 생각하고 있었다.

'가신들은 중간자의 위격과 무관하게 레벨 업을 계속할 수 있겠지?'

애초에 주인인 유저가 중간자를 얻기 전에는 중간계에 데려오는 것조차 하지 못하는 가신들이었기 때문에, 당연히 가신 하나하나가 중간자와 관련된 제약에서 자유로울 줄 알았던 것이다.

게다가 처음 중간계에 카이자르와 헬라임이 도착했을 때, 그들의 정보 창에는 어디에도 중간자와 관련된 제약이 표시되어 있지 않았다.

원래 레벨 슬롯의 옆에 '최대 레벨 10'이라는 문구와 함께, '조건을 달성해야 11레벨 이상으로 레벨 업이 가능합니다.'라는 설명이 있어야 했다.

그러나 그런 명시가 아예 없었기 때문에 가신은 '중간자'라는 시스템에서 자유롭다고 생각한 것이다.

하지만 이것은 이안의 착각이었다.

"후후후, 봤냐, 주군 놈아! 내가 이 정도다!"

"핫핫, 보셨습니까, 폐하! 제가 저 카이자르 녀석보다 한 놈 더 잡았습니다!"

"웃기지 마라! 그럴 리가 없다!"

"핫핫, 인정하고 싶지 않겠지."

"······!"

고작 1레벨에 불과했던 카이자르와 헬라임이 10레벨에 근접한 몬스터들을 썰고 다니는 것을 확인한 순간, 이안은 다시 두 가신들의 상태 창을 면밀히 살펴보았다.

그리고 그 결과 세부 정보 창에 들어 있던 한 줄의 문구를 발견한 것이었다.

'이 녀석들…… 이미 중간자였잖아?'

게다가 그게 끝이 아니었다.

세부 정보창의 '추가 스텟' 부분에는, 말도 안 될 정도로 막대한 보너스 스텟이 생성되어 있었다.

전투 능력 (세부)

생명력 : 950(+8,500)	힘 : 52(+170)
민첩 : 45(+170)	지능 : 27(+170)
체력 : 38(+170)	

'중간자가 되면서 얻을 수 있는 추가 스텟은 올 스텟 20인데……. 나머지 150은 대체 어디서 난 거야?'

중간자의 위격을 얻으면서 상승하는 능력치는 모든 전투 스텟 +20에, 생명력 3,500이었다.

이미 초월 35레벨인 이안에게야 그렇게까지 큰 의미를 가지는 능력치는 아니었지만, 1레벨이었던 카이자르와 헬라임에게는 어마어마한 수준의 스텟인 것이다.

그런데 거기서 끝이 아니라, 그보다 훨씬 막대한 수준의 스텟이 추가로 올라 있는 카이자르와 헬라임.

'와, 이러니까 10레벨들을 썰고 다니지.'

그 비밀은 바로, 두 가신들이 보유한 '칭호'에 있었다.

무력의 끝을 본 자

등급 : 영웅(초월)
일반 레벨 500레벨을 달성한 이에게 부여되는 칭호입니다.
모든 능력치가 +1,500만큼 상승하며, 생명력이 50,000만큼 증가합니다
(중간계로 이동하여 초월 능력치로 환산될 시, 10퍼센트만큼만 적용됩니다).
*초월 레벨이 10레벨 오를 때마다 모든 능력치가 500씩 추가로 상승합니다(초월 능력치 기준 50).
*중복 착용이 불가능한 칭호입니다.
*유저는 획득할 수 없는 칭호입니다.

이안이 열심히 중간계의 콘텐츠들을 섭렵하는 동안, 카이자르와 헬라임은 지상계의 던전들을 끊임없이 휩쓸고 다녔다.

로터스 길드원의 버스를 태워 주기 위해서 이안이 두 가신들을 길드 토벌대에 붙박이처럼 넣어 놓았기 때문.

하여 이안도 몰랐던 사이 두 가신들은 '만렙'인 500레벨을 달성했었고, 그 대가로 이러한 칭호까지 얻었던 것이다.

'뭐 이런 사기적인 칭호가 다 있어?'

물론 중복 착용 가능한 이안의 칭호보다야 메리트가 떨어지는 칭호이기는 하였지만, 그래도 갓 중간계에 입문한 두 가신들에게는 정말 사기적인 칭호가 아닐 수 없었다.

게다가 초월 레벨이 10만큼씩 오를 때마다 추가로 올스텟이 더해지니, 그야말로 영웅(초월)이라는 등급이 아깝지 않은 칭호라 할 수 있었다.

'하아, 카이자르 좀 놀려먹어 보려 했는데……'

지상계에서는 아직까지도, 소환수의 힘을 빌리지 않고서는 상대하기 힘든 카이자르의 무력.

때문에 중간계에서 카이자르를 놀려먹어 보려 했던 이안의 꿈은, 생각지도 못했던 복병(?)에 의해 무산되고 말았다.

'그래, 그래도 좋은 거지, 뭐. 이렇게 되면 둘 다 금방 30레벨까지 찍고, 같이 중천中天으로 넘어갈 수 있을 테니까.'

방금 한 무리의 드락스들을 테러(?)한 것만으로, 이미 두 가신들의 초월 레벨은 7레벨이 되어 있었다.

그리고 이 속도라면, 하루 정도만 투자해서 레벨 업 노가다를 해도 충분히 초월 30레벨 정도는 달성이 가능할 터였다.

"미안하다 카이자르, 헬라임, 내가 너희들을 너무 과소평가했네."

이어진 이안의 빠른 사과에, 카이자르와 헬라임은 우쭐한 표정이 되었다.

"으하하핫, 역시 우리 주군 놈은 배포가 크다니까. 빠른 인정, 마음에 드는군."

"후후, 앞으로 저만 믿으십시오, 폐하. 여기 있는 도마뱀들, 전부 멱을 다 따 버리겠습니다."

다만 그런 두 가신들을 보며 이안은 더욱 스파르타식으로 굴려야겠다고 다짐하였다.

'곧바로 드라코우 서식지로 이동해야겠어. 이 정도 스텟이면, 40레벨대 드라코우들한테도 쉽게 죽지는 않겠지.'

그리고 그렇게, 헬라임과 카이자르의 지옥 같은 하루가 시작되었다.

이안과 로터스의 길드원이 한차례 소르피스 내성 탐방을 마치고 떠난 뒤 대략 반나절 정도가 지나자, 이곳에도 사람이 바글거리기 시작하였다.

우연히 내성이 열린 것을 발견한 유저 하나가 커뮤니티에 글을 올렸고, 삽시간에 사람들이 들어찬 것이다.

물론 아직까지 차원코인이 충분치 않은 대부분의 유저들은 사용할 수 있는 콘텐츠가 거의 없었다.

하지만 어쩐 일인지, 마을 광장에 자리 잡았던 대부분의 유저들이 이 내성 안쪽으로 이주하기 시작하였다.

그리고 그 이유는 단 하나.

'거래소' 콘텐츠 때문이었다.

"오오, 드디어 중간계에도 거래소 건물이 생겼군!"

"후우, 잡템 판다고 지금까지 광장에서 개 고생했는데, 이

젠 여기 올려놓고 사냥 가면 되겠어."

"흐, 용사의 마을 템은 팔 수 없을 줄 알았는데, 완전 개꿀
이네."

용사의 마을에선 외부의 아이템들을 사용할 수 없다.

반대로 용사의 마을 콘텐츠를 진행하다가 얻은 아이템들
을, 외부에서 사용하는 것도 불가능하다.

때문에 유저들은 항상 아쉽다는 생각을 가지고 있었다.

힘들게 파밍하고 대장간을 활용해 만들어 낸 각자의 아이
템들이, 중간자가 되는 순간 무용지물이 되어 버리니 말이다.

하지만 이렇게 거래시스템이 생겨난 이상, 용사의 마을 아
이템들도 더 이상 무용하지 않게 되었다.

어쨌든 용사의 마을에는 계속해서 신규 랭커들이 유입될
것이었고, 마을을 졸업한 유저들은 그들에게 자신의 아이템
을 판매하고 넘어가면 되는 일이니 말이다.

다만 모든 거래가 차원코인으로 이뤄지고, 그 차원코인의
시세가 현재 무척이나 비싸다는 점이 쉽사리 거래가 이뤄지
기 힘든 이유였다.

"와, 방금 환전소 보고 왔는데, 이거 차원코인 1코인당 거
의 1만 골드로 책정되어 있네요."

"거래소에 교환 비율이 가변적으로 설정되어 있는 것으로
봐선, 코인 풀릴수록 시세가 점점 떨어지긴 할 거에요."

"아마 그렇겠죠?"

"네. 그럴 수밖에 없어요. 지금 여기 용병 길드에서 하급 용병 하나 고용하는 데 필요한 차원코인이 500코인 정도던데, 지금 시세대로면 500만 골드나 다름없는 미친 가격이에요."

"하긴. 내성에 집 한 채 마련하고 싶어서 토지 분양소 기웃거려 봤는데, 무슨 평당 분양 가격이 1만 코인이더라고요."

"평당 1만 코인이면……. 1억 골드?"

"커헉, 여기 무슨 뉴욕임? 평 단가가 1억이라고?"

"뭐, 조금만 기다려 보죠. 어차피 지금 시세로는 코인 아무도 안 사서, 금방 시세 내려갈 테니까요."

소르피스 내성 안에 들어온 유저들은, 저마다 콘텐츠를 확인하며 의견을 공유하였다.

현재 유일하게 활성화되어 있는 콘텐츠는 '거래소'였으나, 거래되는 가격의 수준은 무척이나 미비하였다.

올라오는 물건들의 가격이, 대부분 100차원코인을 넘지 못했으니 말이었다.

　－견고한 용사의 대검/희귀(초월)/25코인

　－용맹의 투구/희귀(초월)/19코인

　－부실한 사슬갑옷/일반(초월)/3코인

　－마력광석/일반(초월)/15코인

　……후략……

대부분의 랭커들이 현재 차원코인의 가치가 고평가되어 있다고 생각했기 때문에, 싸구려 아이템밖에는 거래가 되지 않는 것이다.

희귀(유일) 등급 이상의 아이템들은 거의 몇백 코인부터 가격이 책정되어 있었기 때문에, 그것을 위해 유저들이 환전을 하기에는 부담이 되는 것.

그런데 날이 어두워질 무렵, 슬슬 조용해지던 내성의 광장 한편이 다시 웅성이기 시작하였다.

"뭐, 뭐야. 코인 가격이 오르고 있잖아?"

"뭐지? 대체 누가 1만 골드씩이나 주고 이걸 매입하고 있는 거야?"

분명히 1만대 1의 비율로 책정되어 있던 환전소의 '차원코인' 가격이, 어느새 1만500원까지 올라 있었던 것이다.

고작 500골드 오른 것 가지고 웬 소란이냐 생각할지 모르겠지만, 이것은 결코 그렇게 쉽게 생각할 문제가 아니었다.

이것은 차원코인을 골드로 환전하는 사람의 숫자보다, 골드로 차원코인을 매입하는 사람의 숫자가 많아지고 있다는 방증이었으니 말이었다.

"대체 무슨 일이지 이게?"

"뭐야. 이거 이러다가 코인 떡상하는 거 아님?"

"헐, 지금이라도 빨리 매입해 둬야 하나? 이러다가 2만 골드 가면 어떡하지?"

"님들, 진정들 하셈. 그럴 리가 없음. 차원코인이 여기서 더 오르면 어떡함?"

"원래 주식도 그렇지만, 상장 직후에 반짝 올랐다가 떡락하는 일이 허다합니다. 괜히 물리지 말고 지켜보시죠."

"크윽, 이제 하다 못해 게임에도 투기꾼이 들어오는 건가?"

유저들은 술렁이기 시작했고, 일부는 그 원인을 찾기 위해 분주히 소르피스 성을 돌아다녔다.

아직까지 발견되지 못한 어떤 콘텐츠가 있지 않고서는, 코인이 오를 이유가 없다고 생각한 탓이었다.

하지만 소란이 시작된 지 30분 정도가 지났을 무렵.

내성에 있던 모든 유저들은 차원코인의 가격이 슬금슬금 상승하기 시작한 원인을 알게 되었다.

그것은 거래소의 '경매장' 탭을 구경하던 어떤 유저의 외마디 비명(?)소리 때문이었다.

"미, 미쳤다! 이안갓이 용사의 마을에서 쓰던 장비들이 전부 다 코인경매장에 올라왔잖아!"

거래소의 안에 있는 경매장은, 평범한 거래소와 조금 다른 시스템을 가지고 있다.

거래소는 시스템상으로 아이템마다 기본 가격이 설정되어 자동으로 등록되는 반면, 경매장에 등록되는 아이템들은 유저가 설정한 가격부터 경매가 시작되기 때문이었다.

그리고 지금 경매장에는 이안이 용사의 마을에서 사용하던 초월 장비들이, 계정 귀속 아이템들을 제외하고는 무더기로 등록되어 있었다.

심지어 이안이 설정해 놓은 경매 시작 가격은, 최소 가격인 '1차원코인'이었던 것이다.

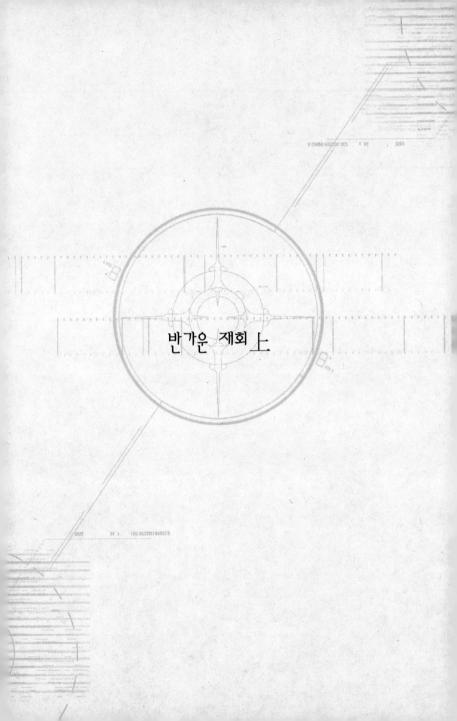

반가운 재회 上

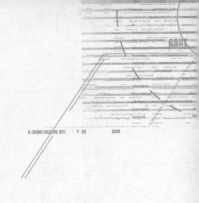

용천에서의 사냥은 순탄하였다.

이안은 일전에도 소천에서 이미 초월 30레벨을 만들기 위한 사냥 노가다를 했던 경험이 있었으니 말이다.

물론 순탄하다는 것은 어디까지나 이안의 시점에서 이야기한 것일 뿐, 함께하는 두 가신들은 죽을상이 된 지 오래였다.

싸움을 누구보다 좋아하는 카이자르마저도 앓는 소리를 낼 정도였으니, 얼마나 혹독한 사냥이었는지 능히 짐작할 만하였다.

"주군 놈아, 잠은 좀 자면서 사냥하는 게 어떠냐?"

"30레벨 찍고 자러 가자니까?"

"후욱, 후욱……. 곧 있으면 25레벨입니다, 폐하."

"그럼 5레벨만 더 힘내 보자고, 헬라임."

"대체 소환수는 왜 소환 안 하는 거냐? 뿍뿍이랑 카르세우스가 보고 싶다, 주군 놈아."

"걔들 있으면 레벨 업이 더 느려질 텐데. 좀 힘들더라도 빨리 30 찍고 자는 게 낫지 않겠어?"

"크윽, 역시 악덕 주군 놈이다."

카이자르의 불평에서도 알 수 있듯 이안은 단 하나의 소환수도 소환하지 않은 채로 사냥을 계속하고 있었다.

이안이 소환한 소환물이라고는 정령인 아그비와 노예인 카카뿐.

하지만 그럼에도 불구하고 이안 파티(?)의 사냥 속도는 그야말로 엄청난 수준이었다.

'자운룡 아시라스의 버스를 탈 때만큼은 당연히 아니지만, 그래도 생각했던 것 이상이야.'

사냥을 시작한지 하루도 채 지나지 않은 시점에서 카이자르와 헬라임의 레벨은 25레벨에 육박하였으며, 이안 본인의 초월 레벨 또한 2레벨이나 올라 37레벨이 되었으니 이것은 처음 계획했던 것보다도 훨씬 빠른 속도인 것이다.

그리고 이렇게 빠른 사냥 속도에 가장 큰 기여를 한 것은 역시나 새로 얻은 '전설(초월)' 등급의 용암 장화였다.

'거기에 세트로 얻은 칭호까지 화룡점정이지.'

'용암의 마법 장화'아이템을 얻으면서 함께 얻은 칭호인 '불 위를 걷는 자'.

그것의 효과는 다음과 같았다.

불 위를 걷는 자

등급 : 유일(초월)

'용암의' 세트 아이템 중 '신발' 부위의 장비를 얻은 유저에게 부여되는 칭호입니다.

화염에 대한 강력한 내성을 부여해 주는 칭호입니다.

*불 위에서 느끼는 고통을 감소시켜 줍니다.

*화염 속성인 '자연물'로 인한 피해를 80퍼센트만큼 감소시켜 줍니다(인위적인 마법이나 몬스터의 공격으로 인한 화염 피해에는 적용되지 않습니다).

*화염을 밟을 시 이동속도가 20퍼센트만큼 증가합니다.

*화염을 밟을 시 화염 저항이 15퍼센트만큼 증가합니다.

*화염 위에서 도약할 시 도약 능력이 50퍼센트만큼 증가합니다.

*화염 위에서 적을 처치할 시 대상에게 3분 동안 입힌 피해의 15퍼센트만큼을 생명력으로 회복합니다.

*다른 칭호와 함께 사용이 가능한 중복 착용 가능 칭호입니다.

'불 위를 걷는 자'는, 사실 사기적이라고 할 만한 칭호는 아니었다.

칭호에 전투 능력이라고는 조금도 붙어 있지 않았으며, 애초에 능력 구성 자체가 '용암의 마법 장화'를 착용하지 않는다면 큰 의미 없는 것들이니 말이었다.

다만 '중복 착용 가능' 옵션이 붙어 있는 데다 용암 장화와의 시너지가 엄청나다 보니, 이안의 마음에 쏙 들었을 뿐이었다.

그리고 거기에 더해서, 이안의 전투 스타일에도 무척이나 어울리는 옵션들이라고 할 수 있었다.

'바로 이렇게 말이지.'

타탓- 화르륵-!

화염 장궁을 소환하여 움켜 쥔 이안이 지면을 박차고 전방으로 튀어나갔다.

그러자 이안의 걸음이 닿는 지면에 시뻘건 용암이 부글부글 끓기 시작했다.

화르르르.

-고유 능력 '용암의 발걸음'을 발동하였습니다.

-이동속도가 15퍼센트만큼 증가합니다.

-발밑으로 뜨거운 용암이 솟구칩니다.

-'불의 힘' 버프가 발동합니다.

-화염의 가호를 받아, 20초 동안 공격력이 3퍼센트만큼 상승합니다. (현재 3퍼센트 누적)

-화염의 가호를 받아, 20초 동안 공격력이 3퍼센트만큼 상승합니다. (현재 6퍼센트 누적)

……후략……

'용암의 발걸음' 고유 능력은 180초라는 짧지 않은 재사용 대기 시간을 가지고 있다.

하지만 그것과 별개로.

이안은 지금까지 12시간도 넘게 사냥하는 동안, 이 스킬이 비활성화 된 채로 사냥했던 적이 없었다.

그리고 그것이 가능한 이유는 간단했다.

불의 힘 버프에 지속 시간이 있는 것과는 달리 사용 효과에는 지속 시간이 없으니 말이었다.

사용자가 사용 효과를 오프하거나 또는 사망하는 것이 아니라면, 이 효과는 계속해서 켜져 있게 되는 것이다.

그렇다면 이쯤에서 우리는 하나의 의문을 가질 수밖에 없다.

지속 시간이 따로 없는 이 고유 능력에 온오프 기능이 뭐하러 있으며, 180초라는 재사용 대기 시간은 대체 왜 만들어 둔 것일까 하는 의문 말이다.

하지만 그에 대한 해답은 이안의 눈앞에 떠오르고 있는 시스템 메시지들을 본다면 바로 알 수 있는 것이었다.

-강렬한 용암의 기운이 느껴집니다.

-생명력이 70만큼 감소합니다.

-생명력이 70만큼 감소합니다.

……후략……

용암의 발걸음 고유 능력으로 인해 이안이 지속적으로 생성시키는 바닥의 용암덩어리들.

아이러니하게도 이 용암으로 인한 대미지가 이안에게도

예외 없이 들어오는 것이었다.

물론 '불 위를 걷는 자' 칭호 덕에 용암은 덜 뜨겁고 덜 아팠지만(?), 어쨌든 무한정 켜 뒀다가는 마을에서 게임 오버 화면을 만날 수도 있는 고유 능력이 바로 이 '용암의 발걸음' 이었던 것이다.

'사용해 보기 전까지는 이런 식의 능력일 줄 몰랐지만, 덕분에 발바닥도 따뜻하고 좋지, 뭐.'

0.3초당 70씩 감소하는 생명력은 무시할 수 있을 만한 수준의 피해가 아니다.

1분만 지나도 1만4천 정도의 생명력이 감소하는 꼴이니, 가만히 있으면 이안도 몇 분 내로 사망할 수준의 피해량인 것이다.

그래서 이안은 사냥을 쉴 수 없었다.

끊임없이 몬스터를 처치해야만 계속해서 줄어드는 생명력을 복구할 수 있었으니 말이다.

-용족 '어린 드라코우'에게 치명적인 피해를 입혔습니다!

-'드라코우'를 성공적으로 처치하셨습니다!

-화염의 기운 위에서 대상을 처치하셨습니다.

-입힌 피해의 50퍼센트만큼을 회복합니다.

-생명력이 19,875만큼 회복되었습니다.

'불 위를 걷는 자' 칭호에 붙어 있는 '적 처치 시 회복' 효과를 활용하여, 지금까지 단 한 번도 용암의 발걸음을 끄지 않고 사냥할 수 있었던 것.

간단히 정리하자면, 못해도 1~2분 안에 한 마리 이상은 처치해야만 지속될 수 있는 사냥을, 이안은 12시간이 넘도록 지속해 온 것이다.

그야말로 비상식적인 수준의 스파르타식 사냥이 아닐 수 없었다.

"카이자르, 적당히 피 뺐으면 다음 놈 치기 시작해! 헬라임은 후방 좀 계속 캐어해 주고!"

"후우……. 알겠다, 주군 놈아."

"그리 하겠나이다, 폐하!"

이안은 불의 힘 버프 풀 스택을 유지하며 계속해서 화염시를 쏘아 대었다.

피핑- 핑-!

그리고 적이 몰려 있다 싶으면, 여지없이 '용암의 대지' 고유 능력을 발동시켜 한 방에 일망타진하였다.

콰르릉- 화라라락!

키에에엑-!

칭호의 이속 버프까지 받고 빨빨거리며 뛰어다니는 이안 탓에, 용암을 피해 발 디딜 틈조차 찾기 힘든 드라코우의 협곡.

어제까지만 해도 평화롭기 그지없던 이 협곡의 용족들은 갑작스레 찾아온 이 재앙이 끝나기만을 간절히 기다리고 있었다.

"크억, 신이시여, 어찌 저희 종족에게 이런 시련을……!"

"크아악! 온몸이 익어 가는 것만 같구나! 누가 제발 저 인간을 여기서 쫓아내 줘!"

그리고 그렇게 한나절 정도가 더 지났을까?

결코 끝나지 않을 것 같았던 이 불지옥 같은 사냥이 드디어 막을 내렸다.

두 가신들의 레벨 업과 함께 말이다.

띠링-!

-가신 '카이자르'의 레벨이 상승하였습니다.

-'카이자르'의 레벨이 30레벨(초월)이 되었습니다.

-가신 '헬라임'의 레벨이 상승하였습니다.

-'헬라임'의 레벨이 30레벨(초월)이 되었습니다.

"허억, 허억. 드디어……!"

"이제…… 자러 가면 안 되냐 주군 놈아…….."

오랜만에 느끼는 스파르타식 사냥 노가다 때문에 전신이 땀으로 흥건하게 젖은 카이자르와 헬라임.

아마 전사로서의 긍지와 자존심 그리고 뜨거운 바닥(?)이 아니었더라면, 둘은 일찌감치 태업을 선언하고 바닥에 드러누워 버렸을 것이었다.

"휴우, 드디어 달성했군. 슬슬 눈이 감기던 차였는데, 잘됐어."

이안의 중얼거림에, 카이자르가 고개를 절레절레 저으며 질린 목소리로 입을 연다.

"주군, 나 그냥 왕성으로 돌아가면 안 되냐?"

"왜?"

"그, 그냥……. 생각해 보니 내가 없으면 파이로 영지의 던전 토벌대가 허전할 것 같아서 말이지."

"지상계에서 심심했었다며."

"아니다. 사실 안 심심했던 것 같다. 돌이켜보면 재밌었던 것 같아."

"흐음……."

이안이 고민하듯 살짝 눈을 감자, 옆에서 가만히 있던 헬라임도 슬쩍 입을 떼었다.

"폐하, 생각해 보니 저도 왕실기사단의 막중한 책무들이 남아 있던 것 같습니다."

"음?"

"아무래도 왕성으로 돌아가서 기사단 정비를 한번 해야……."

"응, 걱정하지 마. 이미 폴린에게 기사단장 자리 맡겨 놨으니까."

"크윽……!"

두 가신들의 반응이 재밌었는지 잠시 동안 그들을 놀려먹던 이안은, 잠시 뜸을 들인 후 다시 입을 열었다.

"한번 여기로 불러온 이상 다시 내려 보낼 일은 없을 테니까 헛된 기대 하지 말고……!"

"크윽…….."

"지금부터 내일 아침까진 쉬게 해 줄 테니까, 푹 쉬고 정비해서 집합하라고."

이어서 이안은 귀환 스크롤을 사용하여 두 가신들과 함께 소르피스 성으로 복귀하였다.

그냥 로그아웃을 해도 NPC인 그들은 알아서 쉴 자리를 찾아 이동할 테지만, 지난 이틀 동안 쉴 새 없이 굴려먹은 것에 대한 미안함을 약간은 가지고 있었던 것이다.

'뭐, 귀환 스크롤을 사용한 게 그 때문만은 아니지만 말이지.'

소르피스 내성으로 돌아온 이안은 긴장이 풀려서인지 졸음이 쏟아지기 시작하였다.

하지만 로그아웃하기 전에 해야 할 일이 하나 있었기에 어디론가 분주하게 움직였다.

'입찰 시간이 48시간이니까, 이제 슬슬 경매가 끝날 때가 되었겠네.'

사냥을 시작하기 전에 거래소의 경매장에 등록해 놓았던 잡템(?)들.

그것들의 상태를 확인해 보기 위해 거래소로 이동한 것이다.

'제법 괜찮은 물건들도 올려놨으니, 꽤나 쏠쏠하게 벌었겠지?'

장비들이 입찰되지 않았을 것이라는 생각은 애초에 하지 않았다.

최소 입찰가를 1코인으로 등록해 놓았으니 팔리지 않으려야 않을 수가 없는 것이다.

'한 1천 코인 정도라도 벌렸으면 좋겠는데……. 그 정도면 용병 길드라도 한번 이용해 볼 수 있을 테니 말이야.'

말이 1천 코인이지, 이것은 결코 적은 금액이라 할 수 없었다.

골드로 환산하면 무려 천만 골드에 육박하는 액수였으니 말이다.

하지만 인간계에서 쓰던 장비 하나만 팔아도 수천만 골드는 우습게 버는 이안에게, 이 정도는 사실 소박한(?) 기대라고 할 수 있었다.

"어쩌면 '그 녀석' 덕에 한 2천 코인쯤 벌렸을지도? 아니, 나머지가 용사의 마을 전용 템이라 그 정도까진 무리이려나?"

이안은 두근거리는 마음으로 거래소에 입장하였다.

기대감 때문인지, 쏟아지던 졸음도 거의 씻겨 나간 얼굴이었다.

"어디 보자. 역시나 제일 기대되는 '그 녀석'부터 한번 확인해 봐야겠지?"

작은 목소리로 중얼거린 이안은 거래소의 판매 정보 창을 오픈하였다.

등록해 놓은 아이템만 수십 가지가 넘었지만, 가장 비싸게 팔렸을 만한 품목이 뭔지는 어렵지 않게 예측할 수 있었다.

이안이 생각하기에도 이것은, 소환술사라면 누구나 눈이 돌아갈 만한 녀석이었으니 말이다.

─등록된 소환수 '드라코우(천룡)/Lv : 50(초월)' 품목의 판매 여부를 확인합니다.

아시라스 덕에 운 좋게 포획하였으나, 너무도 많이 소모되는 통솔력과 애매한 성능 탓에 뭔가 계륵 같은 느낌이었던 천룡 드라코우.

그리고 다음 메시지를 확인한 이안은 그 안에 담겨 있는 비현실적인 내용에 얼음처럼 굳어 버리고 말았다.

이안은 드라코우가 쓸모없어서 판 것이 아니었다.

'천룡'인 데다 초월 레벨 50의 전설 등급 소환수는 아무리 이안이라 하더라도 제법 아쉬울 정도의 전력이었으니 말이다.

다만 이 녀석을 팔기로 결심한 가장 큰 이유는 좀 더 큰 그림을 위해서였다.

차원코인의 가치가 최대로 비싸고 높은 초월 레벨 소환수
의 가치가 가장 비싼 이 시점에, 장기적으로 봤을 때 큰 의미
없는 드라코우를 매도하여 이익을 극대화시키려던 것이다.

'서너 달 정도만 더 지나도, 초월 50레벨 정도 소환수는 흔
해지겠지.'

이안이 노리는 노림수는 한 가지가 더 있었다.

바로 이안이 이 녀석까지도 과감하게 1차원 코인으로 등
록한 이유.

여기에는 이안의 치밀한 심계가 숨어 있다.

'초기 금액을 얼마로 올리든 어차피 가격은 제값 찾아가기
마련이고……. 1코인으로 등록해야 어중이떠중이들까지 죄
다 입찰하면서, 차원코인 수요가 폭발적으로 늘어날 테니 말
이야.'

결국 팔린 아이템들은 차원코인이 되어 이안의 주머니에
들어올 것이다.

때문에 차원코인의 가치가 올라갈수록 비싸게 파는 것이
나 마찬가지가 될 테니, 이안은 최대한 많은 사람들이 차원
코인을 매입할 수밖에 없도록 만든 것이다.

일단 코인을 매입해서 입찰을 걸고 나면 경매가 끝날 때
까진 그 코인을 돌려받을 수 없으니, 상위 입찰가가 떴다고
해서 코인을 빼다가 다시 골드로 환전할 수도 없는 노릇.

때문에 이안이 올려 둔 상품들이 매력적일수록 코인의 가치는 천정부지로 오를 수밖에 없는 것이다.

'흐흐, 그리고 차원코인의 가치가 계속 오르는 것을 확인했으니, 입찰대금을 돌려받은 유저들도 쉽사리 골드로 다시 바꿀 생각을 하지 않겠지.'

그리고 그러한 이안의 치밀한 계획은 그야말로 대 성공을 거두었다.

그것은 지금 이안의 눈앞에 있는 몇 줄의 시스템 메시지만 봐도 알 수 있는 사실이었다.

-소환수 '드라코우(천룡)/Lv. 50(초월)'이 성공적으로 판매되었습니다.

-낙찰가 : 15,750차원코인

-수수료를 제외한 판매 대금은 14,962차원코인입니다.

-차원코인을 수령하시겠습니까?

눈앞에 떠오른 메시지에 순간적으로 멍해진 이안.

그는 그 메시지들을 너댓 번 정도 반복해서 읽고 나서야, 입을 뗄 수 있었다.

"이게……. 진짜라고?"

현재 차원코인의 시세는 1코인당 17,500골드 정도까지 치솟은 상태였다.

그 말인 즉, 드라코우의 판매 가격이 대략 2억 6천 골드가 넘는다는 것.

골드의 현금 시세가 그동안 많이 떨어졌다는 것을 감안하더라도, 전설 등급의 소환수 한 마리를 억 단위가 넘는 거액에 팔아넘긴 셈이 된 것이다.

한국 서버에서 일반적인 신화 등급 소환수의 시세가 2~3억 골드이며 전설 등급 소환수가 1천만 골드 정도라는 것을 감안했을 때, 이것은 이안으로서는 상상조차 하지 못했던 액수라고 할 수 있었다.

"아무리 초월 50레벨이라는 레벨 값이 있다고 해도 그렇지, 고작 전설 등급 소환수가 억 단위에 판매되다니……."

소환수는 아이템과 달리 따로 '초월' 등급이 존재하지 않는다.

때문에 드라코우는 초월 50레벨이라는 레벨 값만 제외한다면, 일반 전설 등급의 소환수와 다를 바가 없는 것이다.

물론 '천룡'이라는 특수성 때문에 평범한 전설 등급보다 좀 더 능력치가 뛰어나긴 하지만 말이다.

하지만 아무리 그러한 차이가 있다 할지라도 이안이 생각하기에 이 정도의 가격 차이는 이해할 수 없었다.

그 차이만으로 거의 수십 배 비싼 가격에 팔린 셈이니까.

예상치 못했던 거액에 놀란 이안은, 우선 돈부터 수령하였다.

-14,962 차원코인을 수령하셨습니다.

-최초로 1만 코인 이상의 차원코인을 보유하셨습니다!

-명성(초월)이 550만큼 상승합니다.

-'거래소의 큰손 Ⅰ' 칭호를 획득하셨습니다.

-앞으로 거래소의 모든 수수료가 0.5퍼센트만큼 감소합니다.

이어서 곧바로, 입찰자를 한번 확인해 보았다.

"대체 이걸 누가 이렇게 비싸게 산 거야?"

그리고 눈앞에 떠오른 이름에 고개를 갸우뚱하였다.

입찰자 유저 네임 : 왕 웨이
서버 소재지 : 중국

"이름만 봐도 중국 사람이라는 건 알겠는데……. 혹시 노엘이보다 돈 많은 중국 갑부인 걸까?"

처음 들어 보는 이름에 고개를 갸웃거린 이안은 나머지 아이템들의 입찰 대금도 전부 수령받기 시작하였다.

그런데 입찰자를 확인할 때마다 이안의 표정은 점점 더 묘해지기 시작하였다.

이안이 올린 품목들 중 80퍼센트 이상의 입찰자 네임에, '왕 웨이'라는 글귀가 박혀 있었으니 말이다.

'대, 대체 뭐 하는 사람이지? 중국 갑부 스토커?'

이안의 머릿속에 돈 많은 사생팬 정도로 자리 잡은 왕웨이라는 이름.

하지만 사실 왕 웨이라는 이름은, 이안이 생각하는 것보다 훨씬 유명한 이름이었다.

중국 서버의 소환술사 통합 랭킹 1위의 유저 네임이 바로
왕 웨이였으니 말이다.

이안이 경매를 통해 벌어들인 코인은, 거의 4만에 육박하
였다.

그리고 입찰된 내역들을 확인해 보면 왕웨이 한 사람 때문
에 벌어진 일만은 아닌 듯 보였다.

대부분의 아이템들이 이안이 기대했던 가격의 열 배 가까
운 액수로 판매되었으며, 마지막까지 어마어마한 경쟁률을
기록했으니 말이었다.

"크, 역시 세계 시장은 한국 시장과 규모 자체가 다르다는
건가."

인벤토리에 들어와 있는 막대한 차원코인을 보며 씰룩거
리는 입꼬리를 주체하지 못하는 이안.

그렇다면 이렇게 생각지도 못한 거액을 손에 쥔 이안이 이
돈으로 뭘 했을까?

처음 경매장에 아이템들을 올릴 때만 해도, 이안은 골드로
환전해서 짭짤한 용돈 벌이(?) 정도를 할 계획이었다.

애초에 그것을 위해서 차원코인의 가치를 높이기 위한 설
계를 했던 것이고 말이다.

하지만 이렇게 큰돈이 들어왔으니, 목표를 수정하지 않을 수 없었다.

골드를 버는 것도 중요하긴 하지만, 이만한 코인이 생겼다면 내성의 콘텐츠들을 선점하는 것이 장기적으로 더 이득일 테니 말이었다.

끼이익-!

소르피스 내성 깊숙한 곳 어딘가에 위치한 허름한 건물의 문을 밀고 들어간 이안이 두리번거리며 조심스레 입을 열었다.

"안녕하세요. 영업 하시나요?"

"오호, 오랜만의 방문객이로군. 영업이야 당연히 하지. 손님이 없어서 문제지만 말일세."

그리고 다음 순간, 이안의 눈앞에는 새로운 시스템 메시지가 떠올랐다.

-소르피스 성, '토지 거래소'에 입장하셨습니다.

이안이 들어온 곳은 다름 아닌 내성의 토지들을 관리하는 토지 거래소.

토지 거래소의 관리인 듯 보이는 NPC '찰리'는 무척이나 심드렁한 표정으로 이안을 향해 입을 열었다.

"그나저나 자네, 여긴 뭐 하러 온 건가?"

그가 심드렁한 이유는 간단했다.

지금껏 이곳에 온 손님 중 토지를 매입한 사람은 단 한 사람도 없기 때문이었다.

평당 1만 코인이나 하는 땅값이 워낙 비싼 것도 이유였지
만, 이곳 땅을 매입할 최소 자격 요건이 '중간자의 위격을 가
진 자'였으니, 사실 이안 말고는 땅을 살 수 있는 사람 자체
가 없다고 봐도 무방한 것이다.

하지만 이안의 다음 말을 들은 찰리의 표정은 바뀔 수밖에
없었다.

"뭐 하러 오다니요? 당연히 땅 사러 온 거죠."

"······!"

"엊그제 제일 먼저 와서 가격 여쭤봤었는데, 기억 안 나세
요?"

이안의 물음에 의자에 앉아 있던 찰리는, 쓰고 있던 돋보
기안경을 살짝 내리며 천천히 자리에서 일어섰다.

그리고 흥미롭다는 표정으로 다시 말을 이었다.

"맞아. 그랬었지. 그러고 보니 자네, 첫 손님이었군."

"후후, 기억해 주시니 감사합니다."

이어서 잠시 뜸을 들인 찰리는 이안의 면면을 찬찬히 훑어
보았다.

그리고 천천히 다시 입을 열었다.

"그때 들었다면 토지 가격이 얼마 정도인지는 알고 왔을
테고······."

"당연하죠."

"그 사이에 없던 코인을 모아 오기라도 했단 말인가?"

그에 이안은, 씨익 웃으며 고개를 끄덕였다.

"물론이죠. 그때 평당 1만 코인이라고 하셨었는데……. 맞
나요?"

"그렇다네. 현재 소르피스 내성의 모든 토지는 평당 1만
코인으로, 전부 균일가로 책정되어 있지."

"앞으로 가격 변동은 없는 건가요?"

"지금이야 분양 가격이니 일괄로 책정되어 있지만, 분양
이 전부 끝나고 지주들끼리의 거래가 시작되면 입지에 따라
서 시세가 달라지지 않겠는가."

찰리의 말에 이안의 머릿속이 빠르게 회전하기 시작하였다.

대략적인 시스템의 구조는 이미 감을 잡은 터였다.

"그럼 제일 위치 좋은 곳으로다가 네 평 매입할게요."

그리고 이안의 말을 들은 찰리의 표정은, 묘하게 변하였다.

대체 네 평밖에 안 되는 작은 면적의 땅을 매입해서 뭘 하
려는 건지 궁금했기 때문이었다.

하지만 그것과 별개로, 소르피스성 토지거래소의 첫 번째
손님을 홀대할 수는 없는 노릇.

이안에게 정말 4만 코인이라는 돈이 있는 것을 확인한 찰
리는, 친절하게 콘텐츠에 대해 설명해 주기 시작하였다.

찰리는 얇고 기다란 막대기를 꺼내어 벽에 붙어 있는 지도
를 가리키며 말을 이었다.

"내 생각엔 말이야. 이쪽, 메인 광장을 두르고 있는 땅들이 앞으로 가장 비싸질 것이라네."

"아무래도 유동인구가 가장 많은 그쪽이 비쌀 수밖에 없겠지요."

"그렇다네. 이쪽은 추후에 어떤 점포를 연다고 해도, 잘될 수밖에 없는 입지라고 할 수 있지."

찰리의 말에 고개를 끄덕인 이안은, 천천히 지도를 향해 다가갔다.

그리고 광장 주변에 있는 노른자위 땅들을 손가락으로 가리키며, 입을 열었다.

"여기, 여기, 여기. 마지막으로 여기. 이렇게 네 군데에 한 평씩 매입할게요."

이안의 말을 들은 찰리는, 적잖이 당황한 표정이 되었다.

네 평을 한 군데 모아서 면적을 합해도 얼마 되지 않는데, 동서남북에 한 평씩 사는 이유를 도무지 알 수가 없었기 때문이었다.

결국 찰리는 참지 못하고 이안에게 물어보았다.

"아니, 자네, 대체 이런 식으로 매입하는 이유가 뭔가? 한 평씩 떨어져 있는 땅으로는 할 수 있는 게 아무것도 없는데 말이야."

너무 당황해서인지, 말까지도 더듬는 찰리.

그런 찰리를 향해, 이안은 친절히 설명을 시작하였다.

"아저씨."

"……?"

"혹시, '알 박기'라고 들어는 보셨나요."

"알…… 박기? 그게 뭔데?"

잠시 뜸을 들인 이안의 말이 다시 이어졌다.

"음, 쉽게 설명하면 영역 표시 해 놓은 거라고 할 수 있죠."

"으응?"

찰리의 반문에, 이안은 씨익 웃으며 다시 입을 열었다.

"앞으로 여기부터 여기까지 쭈욱 제가 다 살 예정이거든 요."

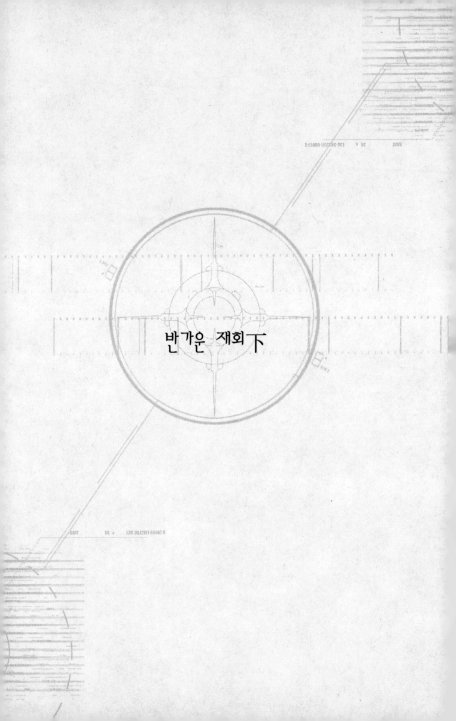

반가운 재회下

Taming
Master

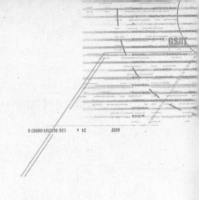

모든 중간계는 제각각 다른 구조를 가지고 있다.

그것은 비단 맵의 생김새만을 이야기하는 것이 아니라, 레벨링 시스템 자체의 구조에 대한 이야기를 하는 것이다.

예를 들자면, 명계에는 다섯 개의 강이 흐르고, 그 강을 한번 건널 때마다 맵의 난이도가 올라가며 콘텐츠의 등급이 올라간다.

정령계는 동서남북 사방에 스타팅 포인트가 있으며, 정령산의 중심으로 갈수록 콘텐츠의 난이도가 올라간다.

마지막으로 지금 이안이 공략 중인 용천의 경우 소천小天과 중천中天, 그리고 태천太天으로 나뉘며, 갈수록 높은 난이도와 콘텐츠를 만나게 된다.

그런데 여기서 용천만의 재밌는 시스템이 한 가지 존재한다.

그것은 바로, 용족들 사이에 가문家門이라는 것이 있다는 것이었다.

"그러니까 지금…… 중천으로 가기 전에 가문을 하나 선택해야 한다는 건가요?"

"뭐, 너무 부담 가질 필요는 없다네. 자네가 가문을 선택한다 해서 그 가문의 일원이 되는 것은 아니니 말이야. 굳이 따지자면, 그 가문의 용병 정도가 된다고 생각하면 되겠군."

"그럼 무슨 의미가 있는 거죠?"

"그 가문 고유의 버프 효과를 받을 수 있다네. 가문이 관할하는 건물을 이용할 수 있게 되고 말이야. 가문에 쌓은 공헌도를 이용해서, 아이템 같은 것을 구입할 수도 있지."

"그럼 버프를 부여해 준 가문이 얻는 것은 뭔데요?"

"자네가 가문의 인장을 달고 활약할 때마다 해당 가문의 명성이 증가한다네."

"아하……."

"가문은 일정 공헌도만 채우고 나면 페널티 없이 옮길 수 있으니, 너무 고민해서 선택할 것 없어."

지금 이안이 있는 곳은, 소천에 솟아 있는 용오름의 꼭대기였다.

가신들의 레벨을 올려주느라 초월 40레벨이 넘어선 지금,

어렵지 않게 천룡을 처치한 뒤 중천으로 가는 길에 오른 것이다.

그리고 그 꼭대기에서 지금 이안과 마주하고 있는 NPC는 소천의 '관리자' 역할을 하는 자운곡의 곡주였다.

이안이 중간자가 되기 전에 천룡을 처치했다면, 원수(?)가 되어 만날 뻔했던 바로 그 NPC 말이다.

"아, 그리고 한 가지. 안타깝게도 우리 자운紫雲의 가문은 선택할 수 없으니, 미련 갖지 않는 것이 좋아."

"네……?"

"우리 가문은 소천을 관리하는 역할을 하기 때문에 중천에서 영향력을 행사할 수 없다네."

"아, 네에……."

관심도 없던 내용을 친절히 설명해 주는 자운곡주를 보며, 이안은 머리를 긁적였다.

'흐음, 결국 가장 좋은 버프를 주는 가문을 선택해야 한다는 건데…….'

하지만 이안의 고민은 그렇게 길게 이어지지 않았다.

애초에 가문의 숫자 자체가 몇 개 되지도 않았지만, 그중에 금세 끌리는 가문을 찾아냈기 때문이었다.

암천暗天의 가문

중천의 북쪽, 어둠의 하늘에 세력을 형성하고 있는 용족들의 세력이다.

모든 '어둠' 속성을 가진 용족들은 이 암천에 속해 있으며, 암천의 인장을 얻는다면 그들이 가진 어둠의 힘을 빌려 쓸 수 있을 것이다.

*암천의 인장, 버프 효과

–암천의 인장을 지닌 유저가 적에게 모든 종류의 피해를 입힐 시 총 대미지의 5퍼센트에 달하는 어둠 속성의 마법 피해를 추가로 입힙니다.

–모든 전투 능력이 3퍼센트만큼 상승합니다.

–어둠 속에서 전투할 시, 움직임이 30퍼센트만큼 빨라집니다.

현재 이안의 눈앞에 있는 선택지는 총 다섯 개였다.

지금 이안이 정보 창을 띄워 놓은 암천의 가문을 비롯하여, 홍염과 빙해의 가문 그리고 청록의 가문과 성토의 가문까지.

하지만 사실상 버프의 우열을 가리기는 힘든 수준으로 밸런스가 잘 맞춰져 있었고, 때문에 이안이 처음 고민했던 가문은 홍염의 가문이었다.

화염 속성의 공격력을 증폭시켜 주는 버프가, 조금이나마 용암 신발과 시너지를 낼 것 같았으니 말이다.

그러나 그것도 잠시.

이안은 결국 암천의 가문을 선택할 수밖에 없었다.

–'암천의 가문'을 선택하셨습니다.

–'암천의 인장'을 획득하였습니다.

–이제부터 인장으로 인한 버프 효과가 적용됩니다.

–암천의 가문에서 1,000의 공헌도를 달성할 시 협력 가문을 변경할

수 있습니다.

　–인장의 버프 효과는 가문과의 협력 관계를 유지하는 동안만 지속됩니다.

그런데 재밌는 것은, 그 선택의 가장 큰 이유가 버프 효과 때문이 아니라는 것이었다.

이안이 암천을 선택한 이유는 중간계 중에 용천에 가장 먼저 온 이유와 일맥상통하는 것이었다.

'모든 어둠 속성을 가진 용족들이 이 암천 소속이라면 당연히 우리 루가릭스도 여기에 있겠지.'

암천의 가문에 대한 설명 중에서 루가릭스를 좀 더 쉽게 찾아내기 위한 단서를 하나 발견한 것.

"암천의 가문이라……. 괜찮은 선택일세. 중천의 북쪽에 있는 어둠의 하늘에서는, 흥미로운 일들이 많이 일어나니까 말이야."

자신의 선택을 확인하고 고개를 끄덕이는 자운곡주를 보며, 이안은 궁금한 것을 하나 물어보았다.

"곡주님, 뭐 하나 물어봐도 될까요?"

"말씀하시게."

"중천을 넘어 태천으로 가기 위해서는, 어떻게 해야 하는 겁니까? 이곳처럼 중천에도 태천으로 오를 수 있는 용오름이 따로 있나요?"

이안의 질문에 자운곡주는 곧바로 고개를 저었다.

그리고 단호하게 대답하였다.

"태천은 어지간한 용족들도 함부로 드나들 수 없는 초월적인 하늘이라네."

"……?"

"아마 자네가 태천에 오를 일은 없을 테니, 그에 대한 답은 줄 수 없군."

그에 이안은 살짝 의아한 표정이 되었지만, 일단 고개를 끄덕였다.

궁금증이 일기는 하나, 당장에 중요한 내용은 아니었으니 말이다.

처음 물어본 것도, 혹시 정보를 얻을 수 있을까 하는 마음에서 떠본 것뿐이었으니까.

"여하튼 협력 가문까지 선택하였으니, 이제 자네를 중천으로 올려 보내 주겠네."

"감사합니다."

"어둠의 하늘은 위험한 곳이니 조심해야만 할 게야."

이어서 자운곡주의 주름진 손에 자색 운무가 일렁이기 시작하였다.

그리고 점점 전방으로 퍼져 나온 그 자줏빛 안개는, 붉은 빛이 일렁이는 포털을 만들어 내었다.

"자, 이 안으로 들어가시게. 무운을 빌도록 하지."

자운곡주의 마지막 말을 들은 이안은 망설임 없이 포털 안쪽으로 걸음을 옮겼다.

그리고 다음 순간, 이안의 시야가 어둡게 변하며 눈앞에 몇 줄의 새로운 시스템 메시지가 떠올랐다.

띠링-!

-'중천'에 입장하였습니다.

-한국 서버 최초로 중천에 입장하셨습니다.

-지금부터 24시간 동안, 모든 경험치와 획득 재화가 2배만큼 증가합니다.

암천을 이름 그대로 풀이하면, '어두운 하늘'이라는 뜻이다.

그리고 이안의 시야에 나타난 새로운 맵의 환경은 암천이라는 그 말이 딱 어울리는 모습을 하고 있었다.

"뭐야, 이거 바닥 모양이 좀 이상한데……?"

"우리, 구름을 밟고 있는 것 같뿍."

"좀 더 정확히 말하면 먹구름인 것 같습니다, 폐하."

암천에 도착한 이안 일행은 신기한 표정이 되어 주변을 두리번거렸다.

그리고 왜인지는 알 수 없었지만, 가장 신난 것은 뿍뿍이인 듯 보였다.

뿍-뿍- 뿌뿍-!

"뿍뿍이 너, 갑자기 왜 그렇게 빨빨거리면서 돌아다니는 거야?"

이안의 물음에, 뿍뿍이가 신이 난 목소리로 대답하며 앞발을 꾹꾹 눌렀다.

"여기, 발소리가 더 예쁘게 난다뿍."

"응……?"

뿍— 뿍—.

"이건 마치 미트볼을 밟고 다니는 것같이 기분 좋은 촉감이다뿍."

"그게 무슨……."

뿍뿍이의 정신 상태를 이해하지 못한 이안은 고개를 절레절레 저었지만, 더 이상 뿍뿍이에게만 신경을 쓸 수는 없었다.

그들의 주변으로, 적대적인 기운을 분명하게 풍기는 그림자들이 하나둘 나타나기 시작했기 때문이었다.

"음……. 시작부터 일단 다짜고짜 싸우라는 건가?"

마치 기다란 뱀장어의 형상을 한 드라코우처럼 길쭉한 몸집을 가진 새까만 도마뱀들의 등장.

이안은 빠르게 전투 태세로 전환하여 다가오는 몬스터들을 면밀히 살펴보았고, 두 명의 가신을 비롯한 이안의 소환수들도 긴장한 표정이 되었다.

아직까지 이곳 중천에 대한 정보는 아무것도 없었기 때문에, 비록 초입이기는 하지만 긴장의 끈을 놓을 수 없었던 것이었다.

쉐도우 드라쿤 : Lv. 42(초월)

그리고 이안 일행이 긴장한 채로 전투를 준비하던 그때.

멀찍이 어둠 속에서 그 모습을 지켜보는, 한 쌍의 눈동자가 있었다.

중천의 북쪽 하늘, 암천.

암천의 끝자락에는 커다란 규모의 건물들이 늘어서 있었는데, 그것은 마치 고대 동양의 궁전을 연상케 하는 외형을 가지고 있었다.

특이한 것은, 기와의 색상이 전부 까맣다 못해 번들거릴 정도로 시커먼 색깔을 띠고 있다는 것.

까만 기와지붕과 은빛 기둥들로 만들어진 이 건물들의 이름은, 바로 '암천궁'이었다.

쐐애애액-!

암천궁의 하늘 위로 붉은 구름이 일렁인다.

그리고 그 구름을 뚫고, 자줏빛 비늘을 가진 한 마리의 아름다운 드래곤이 나타났다.

온통 무채색의 시커먼 암천에 홀로 나타난 자색 빛깔의 드래곤이라 그런 것인지, 그는 더욱 아름다운 빛깔을 뿜어내며 궁의 대문 앞에 내려앉았다.

펄럭-!

커다란 날개를 활짝 펴서 한차례 크게 날갯짓을 한 드래곤의 그림자는 순간 붉은 빛에 휘감기며 작게 변하였다.

그러자 드래곤이 있던 그 자리에는, 자줏빛 머릿결을 가진 아름다운 여인이 나타났다.

그녀는 암천궁의 문 앞에 가 한쪽 무릎을 꿇더니, 나지막한 목소리로 입을 열었다.

"자운궁의 사자使者로 왔나이다."

그리고 그녀의 맑은 목소리가 울려 퍼지자, 놀랍게도 굳건히 닫혀 있던 대문이 천천히 열렸다.

끼익- 끼이익-!

분명히 누군가 문을 열어 주는 것이 아님에도 불구하고 마치 자동문처럼 스르륵 하고 열리는 암천궁의 대문.

여인은 망설임 없이 그 안으로 걸어 들어갔고, 그녀가 걸음을 옮기는 곳마다 닫혀 있던 문들이 기다렸다는 듯 차례대로 열리기 시작하였다.

철컹- 철컹-!

그런데 잠시 후.

그렇게 쉬지 않고 궁의 안쪽을 향해 걸음을 옮기던 여인은, 뭔가를 발견했는지 우뚝 걸음을 멈추었다.

그리고 눈앞에 무언가를 향해 밝은 목소리로 입을 열었다.

"어, 루가릭스······?"

"여, 아시라스. 여기는 어쩐 일이야?"

"오호, 맞네. 정말 루가릭스잖아? 너야말로 웬일로 천궁 안에 있는 거야?"

여인 아시라스는, 밝은 표정으로 루가릭스를 향해 다가 갔다.

루가릭스는 오래 전부터 그녀와 친분이 있었던 드래곤이 었기에, 오랜만에 마주치자 반가웠던 것이다.

"그······렇게 됐어. 천주께서 근신 처분을 내리셨거든."

"쯧, 또 무슨 사고를 친 거야?"

"사고는 무슨······. 단지 오랜만에 지상계에 내려가 보려 다가 걸린 것뿐이라고."

"너한테는 그게 사고잖아."

"······!"

"애초에 지상계로 내려가지 못하도록 금지령 먹었던 이 유, 벌써 잊어버린 거야?"

"쳇. 안다고 알아. 그냥 해 본 소리지."

아시라스는 원래의 목적을 잊기라도 한 것인지 루가릭스 와 이런저런 이야기들을 떠들기 시작하였다.

거의 대부분의 시간을 소천에서 보내는 아시라스와 반대

로 중천에만 머무는 루가릭스였기 때문에 이렇게 가끔 만나면 할 이야깃거리가 많은 것이다.

"그래서 아시라스, 넌 자운곡의 사자로 온 거면 천주님을 뵈러 온 거겠네?"

루가릭스의 물음에 아시라스가 고개를 끄덕이며 대답하였다.

"응, 그렇지. 우리 곡주님께서 서신을 보내셔서."

루가릭스는 더욱 궁금한 표정이 되어 다시 입을 열었다.

"최근에 소천은 평화로웠다고 들었는데……. 서신이 오갈 만큼 큰 일이 소천에서 벌어진 거야?"

루가릭스의 물음에, 아시라스는 뒷머리를 긁적이며 대답하였다.

"아니, 뭐 그렇게 큰 일이 벌어진 건 아니고."

"그럼……?"

잠시 뜸을 들인 아시라스는, 대수롭지 않다는 어투로 말을 이었다.

"어제 정말 오랜만에, 중간자의 위격을 얻은 인간 하나가 용오름을 올랐거든."

"그, 그래?"

"근데 그 친구가 협력 가문으로 암천을 선택했어. 그래서 천주님께 알려 드리려고 서신을 보내신 거야."

분명히 별일 아닌, 흔하지는 않지만 충분히 있을 수 있는 그런 일.

하지만 어쩐 일인지 루가릭스는 머릿속에 떠오르는 불길
한 예감을 쉽게 지울 수가 없었다.

띠링-!

-돌발 퀘스트가 발동하였습니다.

-'능력을 증명하라! I' 퀘스트가 발동합니다.

막 전투가 벌어지려던 시점.

눈앞에 떠오른 시스템 메시지를 본 이안은 살짝 움찔하
였다.

이런 식으로 생성되는 퀘스트를 본 적이 없는 것은 아니었
지만, 무척이나 희귀한 경우이기 때문이었다.

'뜬금없네. 돌발 퀘스트라니……. 하긴, 뜬금없으니까 돌
발 퀘스트겠지.'

실 없는 생각을 떠올린 이안은, 전투가 벌어지기 전 재빨
리 퀘스트 내용을 살펴보았다.

전투가 벌어지기 전에 구체적인 퀘스트의 내용을 확인해
야, 최대한 임무에 맞게 효율적으로 싸울 수 있을 테니 말
이다.

그리고 다행히도, 퀘스트의 내용은 무척이나 심플하였다.

능력을 증명하라! I

당신은 중천에서 함께할 용족의 가문으로, '암천'의 가문을 택하였다.

하지만 자존심 센 용천의 가문들이, 아무런 조건 없이 당신을 동맹으로 인정해 줄 리 없다.

드넓은 암천의 대지를 거슬러 올라 암천궁에 도달하는 동안, 수많은 어둠의 망령들이 당신을 공격할 것이다.

그들로부터 살아남아, 무사히 암천궁에 도착하자.

암천궁의 정문에 도착하여 암천패를 꺼낸다면 그 안으로 입장할 수 있을 것이다.

퀘스트 난이도 : B~SSS (초월)

퀘스트 조건 : '중간자'의 위격을 획득한 자.

승천의 조건을 충족하여 용오름에 오른 자.

중천의 동맹으로 '암천'을 선택한 자.

제한 시간 : 없음

보상 : '능력을 증명하라! II' 연계 퀘스트 발동.

용족의 가문, '암천'에서의 공헌도 500 획득.

명성(초월) +500

*거절하거나 포기할 수 없는 퀘스트입니다.

*암천궁에 도착하기 전에 한번이라도 게임 아웃된다면 퀘스트에 실패하게 됩니다.

*퀘스트에 실패할 시 '승천' 퀘스트부터 다시 진행해야 합니다.

*퀘스트에 실패할 시 50일 동안 '암천'을 동맹으로 지목할 수 없습니다.

뭔가 조건과 부연 설명은 많은 편이었지만, 결론적으로 이 퀘스트의 목적은 단 한 줄로 요약할 수 있었다.

살아남으라. 그리고 북쪽 끝에 있는 암천궁까지 도달하라.

다만 한 가지 이안의 흥미를 유발하는 부분이 있었으니, 그것은 바로 퀘스트의 난이도였다.

'이건 뭐지? 이런 식으로 난이도가 표기되는 건 이 게임 하면서 처음 보는데…….'

이런 식으로 퀘스트의 난이도가 범위로 지정되어 있는 경우는, 이안조차도 완전히 처음 보는 케이스였던 것이다.

'이게 뭘 의미하는 걸까? 암천으로 가는 길을 어떻게 움직이느냐에 따라 난이도가 다르다는 걸까?'

화르륵-!

이안은 머릿속으로 난이도의 의미를 곰곰이 생각해 보면서, 그와 동시에 화염시의 시위를 팽팽히 잡아당겼다.

"일단……. 이놈들부터 다 잡고 나서 생각하지, 뭐."

이어서 이안의 활시위를 떠난 시뻘건 화염의 화살이 전면의 어둠을 가로지르며 쇄도하기 시작하였다.

이안은 루가릭스를 찾기 위해 암천을 택했지만, 그렇다고 해서 암천의 버프와 시너지가 나쁜 것은 결코 아니었다.

이안에게는 카카가 있었고 까망이가 있었으며, 어둠과 최고의 시너지를 내는 가신인 헬라임이 있었으니 말이다.

'게다가 다른 버프는 몰라도, 모든 공격에 어둠 속성이 붙는 옵션이 진짜 쓸 만하군.'

이안의 손에서 쏘아져 나간 불화살이 '쉐도우 드라쿤'의 등짝에 틀어박히자, 그와 동시에 시커먼 기운이 그 위에서 피어오른다.

'암천의 인장' 부가 효과가 발동한 것.

─암천의 인장을 지닌 유저가 적에게 모든 종류의 피해를 입힐 시. 총 대미지의 5퍼센트에 달하는 어둠 속성의 마법 피해를 추가로 입힙니다.

그리고 어둠의 기운이 피어오르는 것을 기다리기라도 했다는 듯, 그 위로 시커먼 그림자가 스르륵 하고 나타났다.

─가신 '헬라임'의 고유 능력 '다크 비전'이 발동됩니다.

─어둠의 힘으로 인해 헬라임의 공격력이 순간적으로 강력해집니다.

─헬라임의 공격력이 10초 동안 250퍼센트만큼 증가합니다.

어둠의 힘이 머무는 곳이라면 어디든 나타날 수 있다는 그 고유 능력의 설명처럼, 헬라임의 다크 비전은 어둠 속성의 이펙트가 터지는 곳이라면 어디든 순간 이동이 가능하다.

그리고 250퍼센트만큼 증가하여 배수로는 세 배 반가량 뻥튀기된 헬라임의 일격은…….

콰아앙─!

그림자 도마뱀의 두개골을 그대로 찌그러뜨려 버리기에 부족함이 없었다.

우드득─!

─가신 '헬라임'이 몬스터 '쉐도우 드라쿤'에게 치명적인 피해를 입혔습니다!

─'쉐도우 드라쿤'의 생명력이 12,350만큼 감소합니다!

-'쉐도우 드라쿤'의 생명력이 전부 소진되었습니다.

-'쉐도우 드라쿤'을 성공적으로 처치하였습니다!

수치상으로 도저히 초월 30레벨짜리의 공격력이라고 믿을 수 없는, 어마어마한 파괴력을 지닌 헬라임의 다크 비전.

물론 이 정도의 파괴력으로 초월 40레벨이 넘는 도마뱀이 한 방에 즉사하지는 않는다.

다만 지금까지 카이자르를 비롯한 다른 소환수들의 공격이 누적되었기 때문에, 헬라임의 검으로 마무리를 할 수 있었던 것이다.

하지만 다크 비전의 위력은 여기서 끝이 아니었다.

다크 비전의 고유 능력 정보 창에는 하나의 조건부 발동옵션이 달려 있었으니 말이다.

*다크 비전으로 적을 처치했을 시 다크 비전의 재사용 대기 시간이 초기화됩니다(최대 10회까지 적용되며, 10회 연속으로 다크 비전이 발동하였을 시 재사용 대기 시간이 초기화되지 않습니다).

활용이 까다롭긴 하지만, 지금처럼 맷집이 그다지 좋지 않은 일반 몬스터들을 상대로는 어마어마한 효율을 만들어 낼 수 있는 옵션.

이미 카르세우스 등의 광역 스킬로 인해 양념이 된 그림자 도마뱀들은, 다크 비전의 좋은 먹잇감이 될 수밖에 없었다.

우우웅─!

'처치' 조건부 재사용 대기 시간 초기화 옵션이 발동함과 동시에 헬라임의 그림자가 또다시 어둠 속으로 사라졌다.

　-'다크 비전'의 재사용 대기 시간이 초기화됩니다.

　-가신 '헬라임'의 고유 능력 '다크 비전'이 발동됩니다.

　쾅- 쾅- 쾌쾅-!

　카카의 어둠 장판이 깔려 있는 데다 '암천의 인장' 버프가 중첩되었다.

　거기에 헬라임이 날뛸 수 있도록 이안의 화살이 정확히 어둠 속성을 적들에게 발라 주니 헬라임은 다크 비전의 한계 발동 횟수인 10회가 가득 찰 때까지 미친 듯이 도마뱀들의 두개골을 부수고 다닐 수 있었다.

　-'쉐도우 드라쿤'의 생명력이 전부 소진되었습니다.

　-'쉐조우 드라쿤'을 성공적으로 처치하였습니다!

　-'쉐조우 드라쿤'을 성공적으로 처치하였습니다!

　……후략……

　거기에 까망이의 어둠의 날개와 카이자르의 대검이 춤추듯 전장을 휘저으니, 이안을 둘러싸고 있던 열댓 정도의 그림자 도마뱀들은 순식간에 전멸당하고 말았다.

　치이익-!

　-'쉐조우 드라쿤'을 성공적으로 처치하였습니다!

　-경험치를 4,829만큼 획득합니다.

　그리고 이안은, 지금껏 단 한 번도 본 적 없는 재밌는 아이템을 획득할 수 있었다.

아니, 좀 더 정확히 말하자면, 새로운 재화財貨를 얻은 것이다.

―용천주화龍天鑄貨를 250만큼 획득하였습니다.

띠링―!

―모든 조건을 충족하였습니다.

―'중간자'의 위격을 획득하셨습니다.

―이제부터 모든 초월 장비를 제한 없이 사용할 수 있습니다.

……중략……

―이제부터 모든 가신들을 중간계로 데려올 수 있습니다(가신들의 초월 레벨은 1레벨부터 시작됩니다).

―'시공의 열쇠' 아이템을 획득하셨습니다.

―용사의 마을 '내성'에 있는 '시공의 탑'에서 시공의 열쇠를 사용할 수 있습니다.

……후략……

눈앞에 주르륵 하고 떠오른 수많은 시스템 메시지들.

그것을 전부 확인한 '요나스'는 흡족한 미소를 지으며 고개를 끄덕였다.

"좋아, 좋아. 확실히 중간계 콘텐츠의 본격적인 시작은 중간자를 다는 것부터였군."

독일 서버의 클래스 통합 랭킹 3위이자 전사 클래스 랭킹 1위의 유저인 요나스.

그의 얼굴에는 지금, 숨길 수 없는 자부심과 뿌듯함이 어려 있었다.

몇 날 밤을 새며 용사의 의식 퀘스트를 진행한 끝에, 드디어 중간자의 위격을 획득할 수 있었기 때문이다.

'생각해 보면 제일 힘들었던 조건은 영웅의 협곡 1승 획득이었어. AI 주제에 그렇게 난이도가 높을 줄은 몰랐지.'

요나스가 속해 있는 독일 랭커 팀은, 정말 우여곡절 끝에 간신히 영웅의 협곡을 클리어할 수 있었다.

1회 차에서 클리어에 성공한 로터스 팀의 영상을 봤음에도 불구하고, 까딱하면 패배할 뻔했을 정도로 AI 난이도가 상당했던 것이다.

그리고 영웅의 협곡까지 경험하고 나자, 요나스는 이제 이안이라는 유저를 인정할 수밖에 없었다.

아무런 사전 정보 없이 영웅의 협곡에 들어가서 헥사 킬을 내며 캐리하는 것은, 운이나 팀 서포팅이 아무리 좋다고 해서 해낼 수 있는 일이 아니었으니 말이다.

"일주일 전쯤 이안이 최초의 중간자 달았다고 떴으니까, 나도 한 열 손가락 안에는 들겠지?"

비록 처음 중간자를 달 때부터 초월 35레벨이었던 이안과 달리 요나스의 초월 레벨은 고작 13레벨에 불과했다.

하지만 세계에서도 손가락에 꼽을 정도로 빠르게 중간자를 달성했다는 사실은 충분히 자부심을 가질 만한 것이었다.

그리고 요나스가 최대한 빨리 중간자를 달성하기 위해 노력한 이유는 한 가지 더 있었다.

"후후, 이제 중간자가 되었으니 왕국의 가신들을 전부 다 데려와 볼까?"

요나스는 독일 서버에서 가장 큰 왕국의 국왕이었고, 덕분에 다른 랭커들보다 훨씬 많은 가신들을 보유하고 있었으니 그들을 전부 중간계로 데려와서 명계를 휩쓸고 다닐 꿈을 꾸고 있었던 것이다.

'흐흐. 가신 콘텐츠만큼은 내가 이안보다 우위에 있겠지. 정보통에 따르면, 이안이 중간계로 데려온 가신은 둘밖에 없다니 말이야.'

요나스는 이안의 귀족 등급이 그리 높지 않을 것이라고 짐작하고 있었다.

요나스가 속한 길드의 랭커 중 하나가 소천에서 우연히 이안이 사냥하는 장면을 목격하였고, 그 당시 이안은 분명히 두 명의 가신들과 함께 사냥 중이었다 하였으니 말이다.

'영웅 등급 이상인 가신들만 모아도 스물은 넘겠지. 가신들의 초월 레벨을 최대한 올려서, 파티 사냥으로 이안의 레벨을 따라잡아야겠어.'

아무리 이안이 대단하다 하여도, 수많은 고위 등급 가신들을 끌고 다니며 사냥하는 자신보다 사냥 속도가 빠르지는 않을 터.

적어도 요나스는 그렇게 생각하였고, 하여 헛된 꿈에 부풀었다.

'크, 누구부터 중간계로 데려올까? 일단 오랜만에 가신 정보 창이나 열어 볼까?'

하지만 잠시 후…….

"……!"

가신 정보 창을 위에서부터 확인하던 요나스는 당황할 수밖에 없었다.

곧바로 애지중지하던 가신 하나를 소환해 보았는데, 생각지도 못했던 메시지가 떠올랐으니 말이다.

─해당 가신이 가진 영혼의 위격이 하등합니다.

─중간계로 가신을 불러올 수 없습니다.

"뭐, 뭐야? 어째서…… 대체 왜?"

당황한 요나스는 가신 정보 창의 세부 정보들을 열어 황급히 확인해 보았다.

그리고 다음 순간, 두 눈을 의심할 수밖에 없는 현실을 마주하게 되었다.

자신의 가신 정보 창에 등록되어 있는 백 명에 가까운 가신 목록의 옆에, 믿을 수 없는 문구가 붉은 글씨로 박혀 있었던 것이다.

그 수많은 가신들 중 단 한 사람도 빠짐없이 말이다.

-소환 불가.

이어서 당황한 요나스의 입에서 영혼 없는 목소리가 흘러나왔다.

"부, 분명 이안은 가신들과 함께 사냥하고 있다고 했었는데?"

요나스의 머리로는 도저히 이해할 수 없는 지금의 이 상황.

때문에 그의 머릿속에서는 하나의 결론밖에 나올 수 없었다.

"이거…… 버그야! 버그가 분명해! 신고해야겠어!"

잔뜩 기대했던 가신 콘텐츠가 거하게 뒤통수를 후려치자, 정신이 혼미해진 요나스는 그대로 로그아웃하여 접속을 종료하였다.

당장 카일란 독일 지사에 전화하여 버그 신고를 할 생각으로 말이다.

to be continued

200평 초대형 24시 만화방

수면실
(침대식) — 사우나석

다인석 — 샤워실

세탁기 — 신간100%

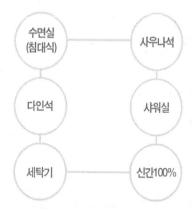

📖 수원 인계동점

- 니헤석거리
- 농협
- CGV
- 수원시청역⑧
- 무비 사거리
- 소주한잔 건물 24시 만화방 3F
- 홍콩반점
- 홈플러스

TEL : 031-226-3771
수원시 팔달구 인계동 1041-11 3층 24시 만화방

📖 의정부점

- 의정부역④⑤
- 흥선지하도
- ◀서울방향
- 진성약국
- 던킨도넛츠
- 24시 만화방 3F

TEL : 031-856-3971
경기도 의정부시 의정부동 197-13 3층

📖 주안점

- 주안 남부역
- ◀제물포
- 민병철 어학원
- 간석동▶
- 25시 만화방 6F

TEL : 032-426-2871
인천광역시 주안남부역 지하상가 4번 출구 GS25시 건물 6층

📖 안양점

- 안양역
- 육교
- ◀관악역
- 명학역▶
- 농협
- 24시 만화방 2F
- 안양일번가

TEL : 031-466-3771
경기도 안양시 안양동 674-163 조이당구장건물 2층

인생이 걸린 '뽑기' 한판!
사행성(?) 게임이 이렇게 몸에 좋습니다!

정신적 불안정으로 마운드를 뺏길 위기에 처한
좌완 파이어볼러 투수 한태준
그가 도와준 어린아이가 두고 사라진 신비한 상자
그 상자에 쓰인 이름은…… 에이스 카드!

[지금 카드를 픽업Pick up하시겠습니까?]

카드명 : 노오력의 보상(REWARD OF EFFOOOORT)
카드 등급 : ★★★★
효력 범위 : 영속성
카드 효과 : 이제 연습 때와 동일한 실력으로 어디서든 던질 수 있습니다.

애물단지에서 에이스로!
에이스 카드 덱이 운명을 바꾸다!

중걸 신무협 장편소설

大唐劍王
대당검왕

무림 최대 보물찾기!
진짜? 가짜? 기연 복불복이 시작 되다!

당 말, 우내십일기의 숨겨진 비급을 찾아
온갖 세력들이 용강서원으로 몰려드는 이때
대방파 소부주의 심부름꾼으로 낙점된 삼하보의 연린도
어쩔 수 없이 서원으로 가게 되는데……

어차피 오게 된 것 최선을 다하자!

어렵게 찾은 가짜(?) 비급은 탈취당하지만
매의 눈으로 각파의 무공을 훔쳐 배우고
선한 심성 덕에 영약의 선택까지 받은 연린
과연 그의 소박한 꿈, 가문 부흥은 이뤄질 것인가?

엉망진창 당대唐代 무림의 구원자
일 검으로 시대를 가르다!